KB030247

사육장 쪽으로

사 육 장   쪽 으 로

편혜영
소설

문학동네

차례

소풍

톨게이트를 지나자 안개가 한층 두껍게 내려앉았다. 차들은 빙판길을 지날 때처럼 서행하고 있었다. 얼마 전 한 대교 위에서 십사중 추돌사고가 일어났다. 사망자 열두 명, 부상자가 서른아홉 명이나 발생한 대형사고였다. 안개 때문이었다.

남자는 서서히 속도를 줄여 갓길에 차를 세웠다. 길을 잃지 않기 위해 다시 한번 지도를 확인하고 싶었다. 짙은 안개가 정차한 차 주변을 에워쌌다.

이게 우리가 가야 할 길이야.

남자가 지도 위의 도로를 손가락으로 가리켰다. 지도 위에서 길은 끝없이 이어져 있었다. 실제는 지도에 표시된 도로보다 훨씬 복잡할 것이다. 지도는 언제나 현실보다 단순하게 마련이었다. 여자는 노랗게 칠해진 길을 보는 것만으로도 멀미가 나는 듯했다. 남자가 라디오를 켜 교통방송에 주파수를 맞추었다. 빠른 곡조의 노래와 노래 사이에 시정거리 오십 미터 미만의 짙은 안개를 조심하라는 리포터의 안내방송이 나왔다. 그는 앞창에 바짝 붙어서 그들이 가야 할 길을 쏘아보았다.

이렇게 여행을 떠나는 게 얼마 만인지 몰랐다. 계획을 잡기만 하면 여자에게든 남자에게든 사정이 생겼다. 지난달에는 남자의 대학 동창회가 열렸다. 축구부 선생으로 자리잡은 선배들이 많이 온다고 했다. 잘만 하면 그런 자리 하나쯤 소개받을 수도 있었다. 남자로서는 빠지기 아쉬웠다. 그 전달에는 여자 때문에 못 갔다. 여자는 몸을 일으키지 못할 정도로 심한 몸살을 앓았다. 그들은 아쉬워하며 일정을 연기했다. 아프지도 않고 바쁘지도 않은 주말은 쉽게 찾아오지 않았다. 놀러가자고 수업을 미룰 수는 없었다. 아이들은 여자에게 배우는 글짓기 말고도 배우는 게 많았다. 제각기 다른 학원 시간표를 가진 아이들을 묶어 보강 시간을 잡기는 어려웠다. 할 수 없이 개별적으로 보강 시간을 잡았다. 여행에서 돌아오면 다른 때보다 배는 더 피곤한 한 주를 보내게 될 것이다.

지도만으로는 얼마나 먼지 감이 잘 안 오네.

울렁이는 속을 누르며 여자가 말했다.

지도란 게 원래 그래. 그래도 재밌지 않아? 우리가 이 지도에 찍힌 점보다 더 작다는 게 말이야.

남자가 점이라며 가리킨 것은 실은 학교를 나타내는 기호였다. 여자는 조금도 재밌지 않다고 생각하면서 슬쩍 웃었다. 남자는 아이들이나 쓸 법한 케케묵은 비유를 자신의 생각인 양 말하는 데 익숙했다. 여자는 한 번도 가보지 않은 길을 지도만으로 찾아가는 게 흥미로웠다. 도로는 잔가지처럼 여러 방향으로 뻗어 있었다. 해마다 새로운 길이 생기고 있던 길이 넓어지기도 하고 좁아지기도 할 것이다. 아예 없어지는 길도 있을 터였다. 남자의 지도는 육 년 전에 발행된 것으로 운전을 처음 시작할 때부터 써왔다. 그간 바뀐 도로 사정은 알 수 없을 것이다.

여자는 의자 깊숙이 몸을 파묻었다. 앞좌석이 이전보다 조금 앞쪽으로 당겨진 느낌이었다. 처음 탈 때부터 좀 좁아져 있던 게 아닐까 생각했다. 전에는 편하게 발을 뻗을 수 있었는데 지금은 무릎을 조금 구부려야 했다.

내 키가 컸을 리는 없어.

여자가 중얼거렸다.

뭐라고?

남자가 물었다. 그는 조금 들떠 있었다. 날짜를 잡고 여행지를 정하고 숙소를 예약한 사람은 모두 남자였다. 그는 흥얼거리며 콧노래를 부르기까지 했다.

어때? 드디어 떠나게 됐잖아.

여자는 불편해서 아무런 대꾸도 하지 않았다.

응?

남자가 대답을 기다리며 여자를 돌아봤다.

하필 안개가……

여자가 괜한 안개 탓을 했다. 누군가 다른 사람이 앞좌석에 앉았던 게 분명했다. 여자는 남자가 보라는 듯이 몸을 뒤척였다.

안개라면 괜찮아. 안개는 날이 맑을 징조라고. 아침이면 감쪽같이 날이 갤 거야.

W시에는 야생 차밭이 있는 산이 있었다. 시 끝에는 해안선이 복잡한 바다가 있고, 해안을 따라 도는 유람선이 있었다.

바다냐 산이냐 하는 문제로 고민할 필요가 없는 곳이라니까.

여행지를 정할 때 남자는 그렇게 말했다. 남자가 운전석에 앉아 마른걸레로 앞창을 닦았다. 아무리 닦아도 뿌연 안개는 가시지 않았다.

그들은 밤 열시에 여자의 집 앞에서 만났다. W시는 톨게이트를 지나 여섯 시간가량 걸린다고 했다. 여자의 집에서부터 치면 거의 일곱 시간 가까이 걸리는 셈이었다. 여자는 멀미가 심했다. 바다든 산이든 계곡이든 상관없었다. 단지 가까운 곳이었으면 했다. 일곱 시간이나 차를 탄다는 생각만으로 내이內耳가 심하게 흔들리는 것 같았다.

작년에 서울 시민을 대상으로 조사했는데 말이야, W시가 숨겨진 관광지 일위로 뽑혔어. 한 번쯤은 이런 곳으로 여행을 가줘야 한단 말이지.

남자가 서서히 차를 움직이며 말했다. 남자가 여행을 가자고 했을 때, 여자 역시 도시에서 멀리 떨어진 곳에서의 하룻밤을 꿈꾸었다. 막상 여행을 떠나게 되니 도시 인근의 바다에서 대하나 잔뜩 먹고 왔으면 좋겠다는 것으로 생각이 바뀌었다. 이틀이나 비워도 될 만큼 한가한 형편이 아니었다. 게다가 멀미를 감당할 자신이 없었다.

일곱 시간이나 걸리는데 굳이 그리로 가야 해?

여자의 말에 남자가 당연하다는 듯 대답했다.

그래야 여행을 간 기분이 들지, 안 그래?

대하나 좀 먹었으면.

여자가 중얼거리자 남자가 버럭 소리를 질렀다.

대하야 여기서도 먹을 수 있잖아!

남자는 성격이 급하고 말이 거칠었다. 쉽게 화를 내지만 곧 풀어지는 성격이었다.

내가 멀미를 심하게 하잖아.

여자가 변명하듯 대꾸했다.

약 먹어.

남자의 대답은 퉁명스러웠다. 여자는 입을 다물었다.

서울을 벗어나기 전 그들은 대형 마트에 들렀다. 밤의 쇼핑을 즐기는 사람들로 마트가 벅적거렸다. 여자는 카트에 생수와 망에 든 귤 두 묶음을 담았다. 색이 균일한 부사도 담았다. 식당가에서는 한 줄에 이천원 하는 김밥을 여러 줄 샀다.

이럴 줄 알았으면 김밥을 좀 싸는 건데.

남자가 힐끗 여자를 돌아보며 말했다. 여자는 못 들은 척 과자와 사탕 같은 군것질거리를 담았다. 여섯 개씩 묶인 캔맥주를 종류가 다른 것으로 세 개나 골랐다. 팩에 담긴 튀김과 구운 지 하루가 지나 세일중인 빵도 담았다. 여행용 티슈와 미처 챙기지 못한 양말도 두 켤레 샀다. 안주 삼아 먹을 마른오징어와 땅콩도 빼놓지 않았다. 남자는 정육 코너에서 삼겹살을 두 근이나 샀다.

거기서도 다 팔 텐데.

여자의 핀잔은 이미 채소 코너로 옮겨가고 있는 남자의 발소리에 묻혔다. 남자가 상추나 치커리 같은 쌈거리를 비닐 가득 담으며 말했다.

고기를 좀 사야 여행 가는 기분이 나지, 안 그래?

여자는 대답하는 대신 삼겹살이 든 봉지를 주물럭거렸다. 차갑고 물컹거리는 느낌이 고스란히 전해졌다.

계산대로 가던 중 여자는 거울에 자신을 비춰보았다. 새벽에 춥겠다 싶어 때 이르게 거위털 잠바를 꺼내 입었는데, 지금 보니 몸이 너무 둔해 보였다. 여자는 초겨울답지 않게 부쩍 따뜻한 요즘 날씨가 못마땅해졌다. 다시 집에 돌아가 얇은 옷으로 갈아입고 싶었다. 그러자고 하면 남자는 아예 여행을 때려치우고 모텔이나 가자고 할지도 몰랐다. 여자는 종종걸음으로 의류 코너로 갔다. 남자는 못마땅한 표정으로 팔짱을 끼고 서 있었다.

그러다 늦겠다.

남자가 말했다. 여자는 그가 참을성이 많지 않다는 것을 잘 알았다. 옷걸이들 사이를 빠르게 왕복하는 동안 마음에 드는 옷을 찾지 못했다. 마음에 드는 옷이 있다고 해도 살 수 없을 것이었다. 남자의 얼굴이 아까보다 더 굳어 있었다.

톨게이트를 지나는데 갑자기 여자가 큰 소리를 냈다.

아, 멀미약!

급하게 수업을 마무리하고 오느라 미처 약을 챙기지 못했다. 마트에서는 옷에 정신이 팔려 약 사는 것을 잊었다. 남자는 힐끗 여자를 돌아볼 뿐 아무 말도 하지 않았다. 속으로 언짢아하고 있을지도 몰랐다. 약을 먹지 않은 걸 깨닫자마자 차 안이 견딜 수 없이 답답하게 느껴졌다. 터틀넥이 감싼 목에서 땀이 흘렀다. 값싼 앙고라털이 몸을 간질였다. 여자는 여기저기 닥치는 대로 손을 넣어 긁어댔다.

차라리 스웨터를 벗어.

남자가 말했다.

여기서?

그렇게 물으면서 여자는 여기가 아니면 어디서 벗겠느냐고 생각했다. 안개가 모든 것을 가려줄 것이다. 이런 안개라면 발가벗어도 누구도 알아채지 못할 것이다.

차는 안개를 헤치며 천천히 나아갔다. 앞차의 후미등이 보안등이 되어 길을 밝혀주었다. 여자는 의자 깊숙이 몸을 기댔다. 캐미솔만 입은 윗도리에 거위털 잠바를 이불처럼 덮고 묵묵히 진군해오는 안개를 쳐다보았다.

여자는 스무 명이 넘는 아이들에게 글짓기를 가르쳤다. 일은 밤 아홉시가 넘어서야 끝났다. 학부모 상담이 잡힌 날이면 더 늦어졌다. 여자는 학교 시절 몇 차례의 백일장에서 수상한 적이 있었다. 구 단위 백일장에서는 산문 부문에서 장원을 했다. 상은 구청장에게 직접 받았다. 구청장은 땀으로 축축한 손을 내밀어 악수를 청했다. 여자가 대학을 다니던 시절 구청장은 국회의원으로 입후보했다. 여자는 망설이지 않고 그 후보를 뽑았다. 구청장은 근소한 차로 상대편 후보를 누르고 국회의원이 되었다. 임기가 끝난 후 재선하지는 못했다. 그는 임기 동안 여러 가지 비리에 연루되었다. 지금은 아예 공직을 떠났다. 부모가 사는 집에는 아직도 상장이 남아 있었다. 그때 받은 상장이 계기가 되어 여자는 수도권 소재 대학의 문예창작과에 입학했다.

아무리 가르쳐도 아이들에게 문장에 대한 감각은 생기지 않았다. 쓰는 문장마다 비문 일색이어서 주어와 서술어만으로 된 문장을 써오라고 하면 아이들은 주어가 뭐냐고 물어 기분을 울적하게 했다. 여자는 백일장이나 글짓기 대회 기간이면 수강생의 글을 대신 써주는 일로 시간을 보냈다. 한 명이라도 입상자가 나오지 않으면 곤란했다. 여럿이 나올수록 좋은 일이었다. 학교에서 숙제로 내주는 독후감이나 생활 글의 얼개를 잡아주는 일도 대개 여자 몫으로 돌아왔다. 여자는 원래 아이들을 좋아하는 편이었다. 하지만 주어와 서술어가 뭔지도 모르는 아이라면 싫었다. 6월이면 공산당이 싫다고 반공 글짓기를 하는 아이도 싫었다. 푸른 하늘처럼 맑은 마음을 가지고 싶다고 쓰는 아이도 싫었다. 장래에 연예인이 되겠다고 쓰는 아이도 싫었고, 장래희망이 없으니 아무거나 써달라고 조르는 아이도 싫었다. 그 아이들은 다 여자의 수강생이었다.

남자가 졸린 듯 하품을 했다. 그는 지난달 하루도 쉬지 못하고 강변에 아파트 짓는 일을 했다. 그 일을 하기 전 남자는 얼마간 실업 기간을 보냈다. 남자는 여자가 다니던 대학의 축구선수였다. 공격수였으나 실제 경기에 투입된 적은 많지 않았다. 대학을 졸업할 무렵에는 어디로도 발탁되지 못했다. 남자는 뒤늦게 자신에게는 수비수가 더 어울렸다고 생각했다. 그는 재능을 허비한 시간을 한탄하는 대신 아파트 짓는 일에 뛰어들었다. 다행히 그는 그 일을 좋아했다. 여자는 남자가 다른 시도도 없이 몸을 쓰는 일을 시작한 것이 안타까웠다. 한편으로는 그런 일도 마다하지 않아 듬직하게 여겨졌다.

남자는 소장이 안 보는 틈을 타 트럭믹서가 쏟아낸 콘크리트에 길게 오줌을 눴다. 일부러 그러는 것은 아니었다. 층이 높아질수록 화장실에 가려고 번번이 오르락내리락하기가 힘들었다. 오줌이 섞인 콘크리트로 아파트 기둥을 세우고 침실이나 거실에 벽을 쌓았다. 입주민들은 오줌이 섞인 벽 쪽에 침대를 놓고 잠이 들 것이다. 온 가족이 모여 벽걸이 텔레비전으로 드라마를 보기도 할 것이다. 층이 높아질 때마다 콘크리트에 섞이는 오줌은 더 많아졌다. 인부들 몇 명이 같이 몰래 오줌을 누기 시작했다. 그들은 소장의 눈을 피해 아직 굳지 않은 콘크리트에 낄낄거리며 오줌을 쌌다.

차가 더디 나가자 속이 울렁거렸다. 여자는 뒷좌석에 놓인 비닐봉지에서 망에 든 귤을 꺼냈다. 귤은 그새 밍밍해져 있었다. 여자는 미지근한 귤을 입에 넣었다. 그들은 주말이면 근교로 차를 몰고 나가는 삶을 동경했다. 여행은 갑작스럽게 실행되었다기보다는 그들의 오랜 바람이 드디어 결실을 맺은 것이었다. 여자는 대학교 시절 그 흔하다는 배낭여행도 못 갔다. 대학을 다니는 내내 아르바이트를 해서였다. 남자도 마찬가지였다. 남쪽 지방으로 떠나는 축구팀의 전지훈련 외에는 어떤 여행도 못했다. 여자는 여행을 가는 게 귀찮으면서도 친구들에게 전화를 걸어 W시에 간다는 자랑을 하고 싶어졌다. 아직 그곳에 다녀온 친구는 없었다. 여자는 새삼 대하나 먹으러 가자고 투정 부린 게 미안해졌다.

어느덧 자정을 넘어섰다. 여전히 안개가 길을 감추고 있었다. 앞차의 후미등이 없다면 지금 달려가는 곳이 고속도로가 아니라 지옥이라고 해도 믿을 것 같았다.

간혹 안개를 가르며 빨리 달려가는 차들이 있었다. 트럭이나 트레일러 같은 덩치 큰 차들이었다. 그 차들은 안개 속에서도 속도를 줄이지 않고 달렸다. 여자는 속을 달래기 위해 창문을 조금 열었다. 찬 바람과 함께 안개가 스며들어왔다. 안개는 따뜻했으나 윗도리에 오스스 소름이 돋았다. 남자가 뭐라고 말했으나 시끄러워서 잘 들리지 않았다. 멀미를 하지 않으려면 시선을 멀리 두는 게 좋다는데 먹색으로 틀어박힌 산과 공장 건물의 윤곽이 희미하게 보일 뿐이었다.

문 좀 닫아. 시끄러워 죽겠다.

남자가 말했다. 여자는 보라는 듯 헛구역질을 해댔다. 남자가 물 좀 마시라고 다시 잔소리를 했다. 들뜬 기분이 안개 때문에 많이 가라앉은 것 같았다. 여자는 멀미를 이겨보려고 잠을 청했다. 잠은 오지 않았다. 보통 아침녘에야 잠이 들어 정오 넘어서 일어났다. 일은 대개 오후 네시부터 시작했다. 수업을 하면서 계속 마셔댄 커피 탓인지 연방 심장이 뛰었다.

남자가 졸음을 참지 못해 고개를 떨어뜨리더니 깜짝 놀라 눈을 부릅떴다. 그는 일이 끝나자마자 여자를 데리러 왔다. 이십팔층짜리 아파트인데 오늘은 팔층에서 작업을 했다. 여자는 남자가 조금 애틋하게 느껴졌다. 귤을 까서 남자의 입에 넣어주었다. 남자는 과즙을 흘리며 우적우적 귤을 씹어 먹었다.

휴게소 불빛이 안개 속에 희뿌옇게 빛나고 있었다. 남자는 잠깐 눈을 붙일 생각으로 좌석을 젖혔다. 여자는 캐미솔 위에 거위털 잠바를 껴입고 지퍼를 올려 앞을 여몄다. 한밤의 휴게소는 생각만큼 한산하지 않았다. 여자는 손톱만한 살색 멀미약을 사서 귀 뒤에 붙였다. 지금 붙여봐야 별 소용이 없었다. 접착식의 경우 적어도 출발 네 시간 전에 붙여야 했다. 멀미약을 붙이자 웅 소리를 내며 머리가 울렸다. 좁은 귓속에서 벌레가 날갯짓을 하는 것 같았다. 손으로 귀를 감쌌으나 소리는 멈추지 않았다.

여자는 속을 달래기 위해 아이스크림을 사서 멀거니 식탁에 앉았다. 음식 쟁반을 든 사내가 여자 옆으로 설렁설렁 다가와 앉았다. 사내에게서 기름 냄새가 심하게 났다.

누나, 어디 가세요?

사내가 물었다. 그는 여자를 보며 웃고 있었다. 여자는 아는 사람인가 싶어 다시 한번 그를 쳐다봤다. 낯선 사내였다. 가만히 뜯어보니 귀염성 있게 잘생긴 얼굴이었다. 여자는 아이스크림을 입에 넣었다.

어딜 봐서 내가 누나예요? 그러는 동생은 어디 가요?

여자가 되물었다. 사내는 이십오 톤 탱크로리를 몰고 항구가 있는 T시로 간다고 했다.

그런 차를 몰면 기분이 어때요?

밤에 고속도로를 달릴 때는 딱 두 가지만 조심하면 돼요. 탱크로리랑 여자.

사내가 여자를 가리키며 대답했다. 여자가 유쾌하게 웃었다. 뭐가 우스운지 알 수 없지만 계속 웃음이 났다.

타보고 싶으면 나랑 같이 T시로 내려가든가.

대형 차를 타본 적이 없다고 말하는 여자에게 사내가 웃으면서 대꾸했다. 여자는 남은 아이스크림을 한꺼번에 퍼먹으며 씨익 웃었다.

그런 차를 타면 멀미 안 해요?

더하지. 세상이 빙빙 돌지.

여자가 입속에 든 아이스크림이 다 보일 정도로 웃음을 터뜨렸다. 사내가 우거짓국에 밥을 말며 물었다.

누나는 어디까지 가?

W시.

거긴 왜요?

왜긴, 여행 가지.

먹고살 만한가보네. 여행도 다 가고.

여자는 조금 으스대고 싶어졌다.

뭐 꼭 그래서 가나, 요새 누가 여행 안 가고 산다고.

사내는 흐응 하고 콧소리를 낼 뿐 별다른 대꾸를 하지 않았다. 숟가락 가득 밥을 퍼올려 입에 넣는 사내를 보자 심한 허기가 느껴졌다. 여자가 빈 아이스크림 통을 우그러뜨리며 자리에서 일어섰다. 뜨거운 국밥을 입에 떠 넣으며 사내가 말했다.

다음 휴게소에서 만나. 기다릴게.

그가 밥알이 묻은 숟가락을 든 채로 손을 흔들어주었다. 여자는 어이없어하면서도 사내를 따라 손을 흔들었다.

휴게소를 나온 여자는 주차한 곳을 잊어버려 애를 먹었다. 차들은 전부 안개에 파묻혀 있었다. 한참 헤맨 끝에 남자의 차를 찾았다. 남자는 낮게 코를 골며 자고 있었다. 여자는 잠든 남자 옆에 앉아 차갑게 식은 김밥을 먹었다. 김밥을 씹으며 여자는 다음 휴게소가 여기서 얼마나 떨어져 있는지 물어볼 걸 그랬다고 생각했다. 그나저나 사내가 정말 다음 휴게소에서 기다릴까? 여자는 알 수 없는 기대감으로 조금 웃다가 자고 있는 남자를 흔들어 깨웠다.

이러다가 대낮에 도착하려고 그래?

그는 눈을 뜨자마자 여자의 손에 들려 있던 김밥을 빼앗아 입에 넣었다. 남자가 화장실에 다녀와 다시 출발할 때까지 여자는 마트에서 산 빵이며 과자를 닥치는 대로 먹었다. 식어서 눅눅해진 튀김까지 죄다 먹어치웠지만 허기는 가라앉지 않았다. 여자는 안개에 가려 사내의 탱크로리가 보이지 않는 걸 아쉬워하며 차들의 불빛이 희미하게 번지는 고속도로를 바라보았다.

다음 휴게소까지 얼마나 더 가야 해?

그러게 화장실도 다녀왔어야지.

여자의 물음에 남자가 퉁명스럽게 대꾸했다. 여자는 그렇게 밉살스럽게 굴다가는 다음 휴게소부터 못 만날 줄 알라고 쏘아붙이고 싶었지만 참았다. 화가 난 나머지 언제까지 이렇게 지낼 수는 없다고 생각했다. 새삼 어쩌자는 건 아니었다. 안개가 여자의 꾹 다문 입처럼 무겁게 내려앉았다.

길이 끝없이 이어져 있으리라 생각하며 앞차를 따라 천천히 달리는 수밖에 없었다. 안개에 가려 이정표가 보이지 않았다. 여자가 지도를 펼쳤다.

도대체 여기가 어디쯤이야?

남자가 손가락으로 지도 위의 한 부분을 짚어줬다.

여기쯤일 거야.

그러니까 여기가 어디냐고.

여자가 다시 물었다. 남자는 답답한 듯 손가락 가까이 쓰여 있는 지명을 읽어줬다. 낯선 지명이지만 그들이 출발한 도시에서 그다지 멀지 않은 곳이었다.

저기 봐, 불빛들이 꼭 달빛 같지 않니?

남자가 생각에 잠겨 있는 여자에게 물었다. 여자는 남자가 한 말을 빨간 펜으로 고쳐주고 싶었다. 참신하지 않을 바에야 비유를 쓰지 말라고 충고하고 싶었다. 세상의 모든 비유는 대개 익숙한 것일 때가 많았다. 농담할 작정이 아니라면 섣불리 비유를 쓰지 않는 게 나았다. 여자는 그렇게 말하는 대신 남자를 향해 고개를 끄덕였다. 입에 밴 말투가 하루아침에 고쳐질 리 없었다.

내일은 여자가 가르치는 아이들 몇 명이 글짓기 대회에 참가

할 예정이었다. 그중 누군가 수상을 해야 수강생이 줄지 않을 거였다. 여자는 다음달부터 수강료를 올리려고 마음먹었지만 아무리 가르쳐줘도 비문으로 모든 글을 채우는 아이들을 떠올리자 불안해졌다. 모든 문장을 일인칭 주어로 시작하는 아이들이 불안했다. 버릇없게 구는 아이들을 무관심하게 지켜보는 자신이 불안했고, 장점을 찾아준다면서 아이답지 않은 표현과 졸렬한 표현을 오히려 칭찬하는 자신이 불안했다.

뱀처럼 기다란 트레일러가 덜컹거리며 차 옆으로 지나갔다.

휴게소까지 얼마나 남았어?

여자가 다시 물었다.

한 삼십 분? 급한가보네.

남자가 여자의 아랫도리를 힐끔 쳐다보다가 갑자기 웃음을 터뜨렸다.

너 멀미약 붙였구나. 나는 그거 붙인 사람 보면 초등학생 같아서 웃기더라.

여자는 귀 뒤로 넘긴 머리를 앞으로 쓸어내렸다. 두통 때문에 머리가 납덩이처럼 무거워졌다. 여자는 울렁거리는 속을 삭이려고 눈을 감고 깊게 누웠다.

남자가 서서히 갓길로 차를 뺐다.

내려서 오줌 눠.

여자는 멈칫거렸다. 아무리 급하다고 해도 안개 속에 숨어 오줌

눌 생각은 없었다.

빨리 누고 와.

남자가 다그쳤다. 할 수 없이 차에서 내려 가드레일 쪽을 향해 바지를 내렸다. 맨엉덩이에 닿는 안개가 뜻밖에 따뜻했다. 요의가 없었는데도 한참 오줌을 눴다. 여자가 오줌을 누는 만큼 안개가 사라졌다. 이렇게 여러 사람이 모여서 오줌을 누면 안개를 누그러뜨릴 수 있겠다고 생각하니 갑자기 우스워지면서 부끄러움이 조금 가셨다. 여자는 바지를 올려 입고 차로 들어가려다 깜짝 놀라 멈춰 섰다. 남자가 전조등 옆에 서서 담배를 피우며 오줌 누는 여자를 바라보고 있었다. 담배 연기가 안개 속에 묻혔다. 전조등 빛을 받고 있는데다 짙은 안개가 두 다리를 가린 탓인지 남자는 천상으로 오르는 사자死者처럼 보였다.

여자가 눈을 감고 있는 사이 남자는 휴게소를 그냥 지나쳤다. 눈만 감고 있었을 뿐 잠든 것은 아닌데도 그랬다.

휴게소에서 멈추라니까.

그렇게 말하는 여자 뒤로 휴게소를 알리는 표지판이 지나갔다.

또 화장실 가려고?

여자는 화장실 타령만 하는 남자에게 화가 나서 남자가 늘 자신의 말을 무시했다는 데 생각이 미쳤다. 그러자 참을 수 없이 화가 솟구쳤다. 욕을 퍼부으려 했으나 실제로 튀어나온 것은 토사물이었다. 남자가 허겁지겁 마트에서 가져온 봉지를 내밀었다. 여자는 참지 못하고 속엣것을 마저 게우고 토사물 냄새를 빼려고 차창을 열었다. 바깥의 짙은 안개가 차 안으로 스며들어왔다. 찬바람 때문에 남자가 기침을 했다. 속이 조금 가라앉는 것 같았다. 창밖으로 얼굴을 내밀어 찬바람을 맘껏 맞았다. 남자가 봉지를 바깥으로 던져버리라고 소리쳤다.

어차피 안개뿐이야. 아무것도 보이지 않을 거라고.

여자는 남자의 말을 못 들은 척했다. 냄새를 이겨내기는 쉽지 않았다. 그렇다고 해서 바깥에 아무렇게나 던져버리고 싶지는 않았다. 여자는 봉지 끝을 야물게 묶은 다음 뒷자리에 조심스럽게 내려놓았다. 남자는 찬바람을 이기지 못하고 차창을 닫았다.

이런, 제기랄.

남자가 별안간 급정거를 하며 소리쳤다. 그들 바로 앞에 거대한 차의 후미등이 깜빡이고 있었다. 여자가 머리를 찧을 뻔했다. 다행히 거위털 잠바가 완충 작용을 해주었다. 남자가 욕설을 퍼부으며 우선 갓길로 차를 뺐다. 도로에서 계속 우물쭈물하다가는 연쇄추돌사고가 일어날 수도 있었다. 남자가 운전자에게 갓길로 차를 빼라고 손짓했다. 앞차는 그대로 내달리기 시작했다. 안개 때문에 번호판이 잘 보이지 않았다. 총중량을 짐작할 수 없을 만큼 커다란 차임은 분명했다. 여자는 유리창에 바짝 얼굴을 들이대고 앞차를 살펴봤다. 타원형의 탱크가 실린 유조차 형태의 차량이었다.

어쩌면 휴게소에서 만난 사내의 탱크로리가 아닐까. 그럴 리 없다는 생각과 그럴 수도 있다는 생각이 뒤섞였다.

운전자들이 안 덤비니까 차 몰기 편하죠. 이런 차랑 부딪치면 무조건 죽는다는 걸 알거든요. 속에 뭐가 들었는지 알 게 뭐야.

사내가 히죽거리며 말했었다.

속에 뭐가 있는데?

가스요, 아주 지독한 걸로.

사내가 낄낄 웃으며 대답했다. 탱크로리에는 위험물이라는 글자가 박혀 있을지도 몰랐다. 여자는 불현듯 한기를 느껴 잠바를 여몄다. 남자가 안개 속으로 사라져가는 차를 향해 욕설을 퍼부었다.

얼마 가지 않아 대형 차가 다시 나타났다. 이번에는 남자의 차와 나란히 달렸다. 차선을 바꾸려 할 때마다 차가 끼어들었다. 간신히 차선을 바꾸면 그 차도 차선을 바꾸어 쫓아왔다. 차의 움직임이 격해질수록 여자의 멀미는 더욱 심해졌다. 도로를 달리는 차라고는 오직 대형 차와 남자의 차뿐인 것 같았다. 달리는 두 대의 차를 안개가 무겁게 내리눌렀다. 안개는 좀처럼 걷힐 기미가 없었다.

계속 대형 차와 씨름하던 남자는 아예 고속도로를 벗어나 국도로 들어섰다. 대형 차는 미처 따라오지 못하고 내처 고속도로를 내달렸다.

이리로 가면 더 걸리는 거 아냐?

여자는 멀미 때문에 혼몽해진 정신으로 간신히 남자에게 물었다.

잠깐 빠졌다가 다시 고속도로를 타면 돼. 괜히 저런 차랑 씨름하다가 사고만 나.

남자가 대답했다. 그는 컴컴한 국도에 들어서자 안도하는 것 같았다. 어둠 때문인지 안개가 좀 옅어진 듯했다. 차라리 안개가 나을지도 몰랐다. 불빛 하나 없이 시커먼 산으로 둘러싸인 국도는 너무 어두워서 고요했고 고요해서 두려웠다. 그는 오로지 전조등 불빛에 의지해서 차를 몰았다. 바퀴가 구르는 소리 외에는 어떤 소리도 들려오지 않았다. 그들을 뒤따르는 차는 없었다. 그런데도 남자는 계속 사이드미러를 힐끔거렸다. 여자는 터질 듯한 속을 누르기 위해 맥주를 꺼내 마셨다. 아무리 마셔도 갈증이 가시지 않아 검은 봉지에 든 삼겹살을 가져다가 가슴에 끌어안았다. 차가운 날고기가 물컹하게 와 닿았다. 고기 봉지를 가슴에 안은 채로 여자는 자꾸 뒤를 돌아봤다. 시커먼 어둠이 우두커니 그들을 배웅하고 있었다.

남자는 묵묵히 어둠을 헤치며 앞으로 나갔다. 뒤따르는 차가 없는 게 확실하자 그도 공연히 뒤를 돌아보거나 하지 않았다. 여자는 다소 속이 가라앉았다. 맥주 때문에 요의가 느껴지긴 했지만 숙소에 도착할 때까지 참아볼 작정이었다. 다행히 W시라고 쓰인 이정표가 나타나기 시작했다. 예정했던 새벽의 산행도 좋지만 우선 한숨 자고 싶어졌다. 남자도 그렇다고 했다. 그들은 일단 자고 일어난 후에 바다를 보러 가자고 쉽게 합의했다.

W시와 T시로 갈라지는 지점에서 좌회전을 하려는데 어둠 속에서 갑자기 뭔가가 튀어나왔다. 남자가 서둘러 브레이크를 밟았다. 제동거리가 터무니없이 짧았다. 차 앞부분에 무엇인가 둔탁하게 부딪혔다. 여자가 깜짝 놀라서 눈을 꾹 감았다. 남자는 핸들을 쥔 채 움직이지 않았다. 바깥은 여전히 어두웠다. 쓰러진 것의 정체는 알 수 없었다. 남자가 천천히 차 밖으로 나갔다. 여자는 그들의 차가 사람을 쳤다고 생각했다. 사람이 아닐 수도 있었다. 이런 어두운 새벽에 국도를 지나다니는 사람이 있을 리 없었다. 떠돌이 개이거나 야생동물일 터였다. 간혹 국도변에 출몰하는 사슴일 수도 있었다. 화물차가 흘리고 간 통나무가 비탈길을 따라 국도로 미끄러져 내려오는 경우도 있다고 했다.

여자는 스스로를 위로하듯 괜찮다고 중얼거렸다. 남자가 허리를 구부려 그들이 친 것을 길가로 끌어내고 있었다. 여자는 다시금 눈을 꾹 감았다. 그 모두를 지켜봄으로써 남자가 벌이는 일에 공범이 되고 싶지 않았다.

남자는 한참 만에야 다시 차에 올라탔다. 여자에게는 연옥에라도 다녀온 듯 그 시간이 길게 느껴졌다. 여자는 그에게 지금 치운 것이 뭐냐고 묻지 않았다. 그가 뭐라고 하건 믿을 수 없을 것이다. 한편으로는 남자가 아무 말이나 해주기를 기다렸다. 그는 물휴지를 꺼내 손가락 사이사이를 천천히 닦고 뒷좌석으로 몸을 돌려 여자의 토사물이 든 봉지를 가져왔다. 단단히 묶었는데도 냄새가 훅 끼쳤다. 남자는 손을 닦은 물휴지를 봉지에 버렸다. 그는 더이상 여자더러 길가에 토사물 봉지를 던져버리라고 하지 않았다. 토사물 냄새에 코를 찡그리지도 않았다. 여자는 핸들을 움켜쥔 남자의 손을 바라보았다. 두 번 다시 남자의 손을 잡고 싶지 않았다.

그들은 묵묵히 어두운 국도를 달렸다. 간혹 불빛이 반짝였다. 새벽잠 없는 노인네들이 잠을 깼을 시간이었다. 남자는 다시 사이드미러를 힐끔거렸다. 그들을 쫓는 차가 있는지 살피는 듯도 싶고 길가에 버려두고 온 것을 확인하는 듯도 싶었다.

다시 고속도로를 달리다가 잔가지 같은 샛길로 빠져나가면 톨게이트에 닿을 것이다. 안개가 걷힌 자리에 조금씩 아침빛이 번져왔다. 이제 전속력으로 달려 W시에 들어가면 되었다. 남자는 낼 수 있는 만큼 최대한 속력을 높였다. 밤새 이런 속도로 달려왔다면 벌써 시 외곽의 숙소에 짐을 풀고 새벽안개에 휩싸인 산을 오르고 있을지도 몰랐다. 모두 안개 때문이었다. W시는 밤새 운전한 피곤함을 단번에 씻어줄 만큼 근사한 곳일 터였다. 너무 마음에 든 나머지 여자는 늙으면 이곳에 와서 살자고 할지도 모른다. 남자는 그런 여자에게 바다가 보이는 마을에 집을 얻자고 대꾸하고 싶었다.

안도한 듯 속력을 내어 달리는 남자의 차를 거대한 탱크로리가 막아섰다. 어디서 나타났는지 알 수 없었다. 몰래 그들의 뒤를 쫓고 있었던 것일까. 갓길에서 기다리고 있었는지도 모른다.

제기랄.

남자가 다시 욕을 했다. 워낙 차체가 높아서 운전자의 얼굴은 보이지 않았다. 남자는 탱크로리를 피해 이리저리 차선을 바꿨다. 그럴 때마다 탱크로리는 거대한 몸체로 남자의 차를 가로막았다. 남자는 괜한 짓을 벌였다고 생각했다.

유조차를 몰고 다니는 놈들 중에 멀쩡한 놈은 없어. 불덩이를 이고 다니는데 그게 정상이겠어.

남자가 스스로를 달래듯 말했다. 이제는 국도로 도망칠 수도 없었다. W시에 가려면 이대로 계속 달려야만 했다. 남자는 할 수 없이 갓길로 차를 빼려 했다. 탱크로리가 그의 차를 따라 갓길을 넘나들었다. 여자는 휴게소에서 만난 사내가 T시로 간다고 했던 것을 기억하고 있었다. T시라면 이미 다른 길로 들어갔어야 했다. 괜한 생각이었다. 그들의 주행을 방해하는 운전자는 T시로 간다던 사내가 아닐 것이었다. 안개 때문에 번호판을 보지 못했으니 계속 같은 차량의 방해를 받는 것인지 아닌지도 확인할 수 없었다. 남자의 차를 의식적으로 방해하는 차는 애당초 없을지도 몰랐다. 차선을 넘나들고 뒤차의 주행을 방해하는 난폭운전은 밤의 고속도로에서 대형 차를 모는 사내들의 습관일 수도 있었다.

어쩌면 탱크로리 운전자가 자신이 길가로 뭔가를 끌어내는 모습을 어둠 속에서 지켜본 것은 아닐까. 이렇게 악랄하게 달라붙는 걸 보면 틀림없었다. 남자는 금방이라도 울음을 터뜨릴 듯한 얼굴이 되었다.

그래서 나를 저렇게 쫓아오는 걸 거야.

그는 불안해하며 입술을 떨었다. 여자는 남자를 위로하는 어떤 말도 하고 싶지 않아서 입을 다물었다. 입을 열었다가는 또 속엣것을 게워내게 될지도 몰랐다.

앞쪽에 W시로 진입하는 톨게이트가 보였다. 그리로 들어가기만 하면 모든 게 괜찮아질 거였다. 고속도로를 벗어나 시내로 들어가면 차선을 넘나들며 주행을 방해하는 짓 따위는 하지 못할 테니까. 어둠 속에서 튀어나와 사고를 당한 동물의 사체를 치우는 일을 하지 않아도 되고, 자꾸 어둠 속을 돌아보는 짓도 하지 않게 될 것이다. 남자는 탱크로리를 피하려고 마지막으로 속력을 높였다. 마침 곡선으로 휘어지는 구간이어서 속도를 줄일 틈도 없이 차는 가드레일을 들이받았다.

먼저 정신이 든 것은 여자였다. 남자는 잠을 자듯 등받이에 기대 있었다. 여자나 남자나 피가 흐르는 곳은 없었다. 차 여기저기에 날고기가 달라붙어 있었다. 부딪힐 때 가슴에 품고 있던 봉지에서 튀어나온 것이었다. 여자는 말간 빛을 잃은 날고기를 몸에서 떼어냈다. 외상은 없는 것 같았다. 몸이 묵직한 것이 어딘가 틀림없이 부러졌으리라는 생각과 달리 몸을 움직이는 데는 무리가 없었다.

가드레일을 들이받은 차는 범퍼가 형편없이 찌그러져 있었다.

안개는 완전히 걷혔다. 그들이 정신을 잃은 동안 아침이 밝아 있었다. 여자는 오랜 시간 참았던 기지개를 켰다. 부딪힐 때의 충격 때문인지 어깨가 결렸다. 채 백 미터도 되지 않는 곳에 톨게이트가 불빛을 반짝이며 서 있었다. 이른 아침인데도 톨게이트를 통과하는 차들이 꽤 많았다. 탱크로리는 어디에도 보이지 않았다. 어딘가에서 그들을 기다리고 있을지도 모르고, 항구가 있는 T시로 갔을지도 몰랐다.

잠시 후 남자가 깨어났다. 뼈가 부러졌을까봐 천천히 다리를 움직여 차 밖으로 나왔다. 그는 범퍼를 확인하자마자 얼굴도 모르는 운전자를 욕했다. 번호판을 봐뒀다고 큰소리치기도 했다. 그렇더라도 별수없다는 건 그가 더 잘 알았다. 남자는 우그러진 범퍼를 절망적으로 쳐다보다가 견인차를 불렀다. 견인차에 이끌려 남자와 함께 도시로 돌아가고 싶지 않은 여자는 무턱대고 가드레일을 넘었다.

여기가 어디인지는 알 수 없었다. 톨게이트가 보이기는 하지만 W시인지 아닌지도 몰랐다. 가드레일 옆으로 평야가 펼쳐져 있었다. 추수를 끝낸 논에는 짚단이 이불처럼 덮여 있었다. 어딜 가는 거냐고 짜증내는 남자 목소리가 들렸다. 여자는 무슨 말인가 하려다가 입을 다물고 논으로 내려섰다. 초겨울 아침의 흙길은 딱딱했다. 여자는 계속 앞으로 나아가면서 가끔 뒤를 돌아봤다. 그가 새벽의 안개와 국도변의 어둠 속에 숨긴 것은 뭐였을까? 여자가 큰 소리로 남자를 불렀다. 남자는 들리지 않는지 쳐다보지 않았다. 여자는 제자리에 멈춰 선 채 계속 손을 흔들었다. 남자가 한참 만에야 여자를 봤다.

아까 우리가 죽인 게 뭐였어?

남자는 들리지 않는다는 듯 귀에 손을 가져다댔다. 어디선가 개가 짖었다. 가까운 곳에 마을이 있는 모양이었다. 여자는 보이지 않는 마을을 향해 계속 걸어들어갔다. 길은 딱딱했고 파동이 느껴지지 않는 바람은 찼다.

꼬박 한 시간쯤 걷다 돌아와보니 남자의 차는 보이지 않았다. 이미 견인차를 타고 떠난 모양이었다. 차가 보이지 않고 나서야 여자는 자신의 스웨터와 가방이 남자의 차에 있다는 걸 깨달았다. 남자가 들이받은 가드레일 옆에는 대형 마트의 이름이 새겨진 봉지만 덜렁 놓여 있었다. 토사물이 담긴 봉지였다. 여자는 봉지를 손에 들었다. 나머지 손은 잠바 주머니에 찔러넣었다.

여자는 멈추어 선 채로 허공에 매달린 이정표를 읽었다. 모두 처음 보는 지명이었다. 이정표는 언젠가 도착할 도시의 이름을 알려줄 뿐, 여기가 어딘지에 대해서는 함구하고 있었다. 여자는 천천히 갓길을 따라 걸었다. 저 앞에 톨게이트가 보였다.

사육장 쪽으로

현관문을 열자 편지 한 통이 팔랑거리며 바닥으로 툭 떨어졌다. 그는 도시에 있는 직장으로 출근하기 위해 집을 나서는 길이었다. 편지는 현관문 틈에 끼워져 있었다. 누군가 억지로 쑤셔넣은 듯 끝부분이 구겨진 채였다. 집 앞에는 새장 모양의 흰색 우편함이 있었다. 그럼에도 편지는 보란듯이 문틈에 꽂혀 있었다. 별다른 무게감이 없었으나 바닥에 떨어진 편지는 시선을 끌었다. 겉봉에 쓰인 붉은 글자 때문이었다. 다른 때 같으면 인근 피자집의 전단지이거나 새로 개업한 한의원에서 보낸 우편물이리라 생각했을 터였다. 그는 붉은 글자를 보자마자 그것이 특별한 종류의 편지, 즉 계고장임을 알아차렸다.

그는 천천히 편지를 집어들었다. 끝이 우그러진 편지봉투는 그들이 언제라도 마음만 먹으면 집안으로 쳐들어올 수 있다는 경고처럼 보였다. 배웅하러 나오던 아내가 그의 손에 들린 편지를 힐끗 보았다. 이내 아내의 입에서 아, 하는 짧은 탄성이 새어나왔다. 아내 역시 그것이 그들에게서 온 편지임을 알아차렸다. 아내는 얼굴이 파리하게 질려 소리쳤다.

이제 어쩌면 좋아요.

당장 그들이 쳐들어오는 것처럼 겁먹은 목소리였다. 방안에 있던 노모가 영문도 모르고 아내를 따라 소리를 질러댔다. 아내는 그 소리에 더욱 겁을 먹었다. 치매에 걸린 노모는 비명을 멈추지 않았다. 그는 노모의 비명이 듣기 싫어 살짝 얼굴을 찌푸렸다.

그들은 지난밤 도둑처럼 울타리를 넘어 들어와 계고장을 꽂아두었다. 어쩌면 발부리도 보이지 않을 만큼 어두운 밤의 신작로에 숨어서 그가 귀가하는 걸 지켜보고 있었을지도 몰랐다. 그는 숨어 있는 집행인을 쏘아보듯 마을 어귀로 이어지는 긴 신작로를 내려다보았다. 계고장을 꽂아놓은 사람이 아직 마을에 남아 그들 가족이 놀라는 꼴을 훔쳐보고 있을지도 몰랐다.

마을은 여느 아침과 다르지 않았다. 단층 주택의 입주민 중 도시로 출근하는 사람들이 일제히 차에 올라타고 있었다. 그들은 날마다 비슷한 시각에 차를 타고 마을을 빠져나갔다. 그 시각에 나가지 않으면 대개 아홉시로 정해진 직장의 출근시간을 맞출 수 없었다. 신작로 너머로 사라지는 차 중에는 그의 차와 차종은 물론

색깔까지 똑같은 차가 서너 대 끼어 있었다. 다른 때라면 그 역시 고속도로로 향하는 행렬에 섞였을 터였다. 그는 매일 같은 시각에 집을 나서기 위해서 같은 시각에 잠에서 깨어났고, 그러기 위해서 날마다 비슷한 시각에 잠자리에 들었다. 그에게는 졸음이나 식욕, 성욕 따위도 시간을 지키며 찾아왔다.

식구들이 울타리에 기대서서 출근하는 사람을 향해 손을 흔들다가 서로 눈인사를 나누며 집안으로 들어갔다. 그는 사람들이 들어간 뒤에도 차들이 보이지 않을 때까지 신작로 쪽을 살펴보았다. 이른 아침의 신작로에는 산 쪽에서 내려온 안개가 희미하게 떠돌고 있을 뿐, 계고장을 문틈에 끼워둔 이들은 보이지 않았다. 안개 너머로 고속도로의 방음벽이 드러났다. 방음벽이 있어도 덜컹거리는 차 소리는 고스란히 들려왔다. 과적 화물차나 트레일러가 지나가고 있을 것이다. 신작로는 그 소리에 깜짝 놀랐다는 듯이 미세하게 떨렸다.

그는 봉투 하단에 고딕체로 인쇄된 자신과 아내의 이름을 한참 들여다보았다. 그럴수록 그 이름들이 낯설게 느껴졌고, 그런 느낌 때문에 불안해지기 시작했다. 파산은 온전히 그의 탓이었다. 언제고 집행을 알리는 통지서가 도착하리라는 것도 알고 있었다. 그런데도 막상 계고장을 받고 나자 참을 수 없이 화가 치밀어올랐다. 도대체 내가 잘못한 게 뭐란 말인가.

봉투는 텅 빈 것처럼 얇았다. 그는 이깟 얄팍한 편지 한 통 때문에 일상이 어그러진 것이 못마땅했다. 편지만 아니었다면 이미 신작로를 벗어나 고속도로로 접어들었어야 할 시간이었다. 그는 봉투를 쥔 손아귀에 힘을 주었다. 그러고는 안에 든 것을 확인하지도 않고 봉투째 갈기갈기 찢었다. 그의 이름과 집주소, 붉은 글자의 경고문과 집행 날짜, 집행인의 이름이 여러 조각으로 나뉘졌다. 깜짝 놀란 아내가 그를 쳐다보았다. 비명을 지르던 노모도 그를 쳐다보았다. 아내의 치마폭에 매달려 있던 아이도 그를 보았다. 아이는 이유도 모르고 분위기에 짓눌려 울음을 터뜨렸다. 아내가 멍한 얼굴로 아이의 등을 토닥였다. 누구도 그를 말리지 않았다. 편지를 찢는 그의 얼굴은 무척 단호해 보였다. 화가 난 것처럼 보이기도 했다. 그런 태도는 묘하게도 아내를 안심시켰다. 아내는 그의 단호함이 가족을 보호하기 위한 것이라고 생각했다. 편지를 찢는 그의 손이 떨리고 있음을 알아차리지는 못했다. 그는 편지를 찢자마자 곧 후회했다. 집행인들이 언제 들이닥칠지 알 도리가 없어졌기 때문이었다. 그들을 찾아가 집행을 미뤄달라고 부탁했어야 하는 게 아닐까. 그는 자신이 후회하고 있는 것을 들킬까봐 찢어진 편지 조각들을 들고 집으로 들어가 화장실 변기에 버렸다. 물을 내리자 여러 조각으로 찢긴 계고장이 소용돌이치며 빨려 내려갔다. 쿨렁거리며 종이를 삼킨 변기에는 다시 말간 물이 고였다. 그는 여전히 떨리는 두 손을 바지 주머니에 찔러넣어 감췄다.

그들은 언제 오는 거예요?

아내가 다소 가라앉은 목소리로 물었다. 그는 대답하는 대신 거실의 커튼을 걷었다. 미처 철거되지 않은 공장 굴뚝이 보였다. 마을은 중화학 공장 단지를 폐기한 자리에 들어섰다. 택지조성을 하느라 공장이 철거되었지만 아직도 군데군데 건물 일부와 굴뚝이 남아 있었다. 굴뚝에서 하얀 연기가 피어오르는 듯이 보였다. 야산 쪽에서 내려온 안개이거나 흩어진 구름일 것이었다. 가동되지 않는 공장 굴뚝에서 연기가 날 리 없었다. 안개가 걷힌 신작로는 텅 비어 있었다. 아침햇살에 집안을 떠도는 먼지들이 비쳤다. 아내가 눈살을 찌푸렸다. 그는 그것이 햇살 때문인지 그가 대답을 하지 않아서인지 집행이 시작된다는 경고 때문인지 헛갈렸다. 그는 알 수 없다는 듯 아내를 향해 고개를 저었다. 아내는 침울한 표정으로 방으로 들어갔다.

분명한 것은 우리는 조만간 이 집에서 내쫓기게 된다는 거야.

그는 햇빛 때문에 하얗게 보이는 아내의 뒤통수를 바라보며 중얼거렸다.

그는 자신이 완전히 파산하였으며 두말할 나위 없이 빈털터리가 되었다는 것을 인정할 수밖에 없었다. 그에게는 죽어서도 갚을 수 없을 정도의 빚이 있었다. 은행은 말할 것도 없고 친구들에게도 돈을 빌릴 수 없었다. 손을 벌릴 가족이나 마땅한 친척이 있는 것도 아니었다. 그럴 만한 사람이 있다고 해도 돈을 빌리기 위해 파산의 이유를 장황히 설명하고 훈계를 듣는 일은 성가셨다. 참고 훈계를 듣는다고 해도 돈을 빌리지는 못할 것이다. 몇 가지 생각이 어수선하게 떠올랐으므로 그는 일의 순서를 정리하고 싶어졌다. 가장 먼저 해야 할 일을 떠올리다가 자신이 아직 출근하지 않았음을 깨달았다. 그는 여느 날과 다름없이 출근해야만 했다. 파산 통보를 받은 날까지 시간에 맞춰 서둘러 출근을 해야 하느냐는 생각은 들지 않았다. 돈을 벌어봤자 그들에게 다 빼앗길 테지만 일상을 지키는 것은 중요했다. 다른 때라면 이미 톨게이트 근방에 도착했을 시간이었다. 이렇게 늦어진 것은 다 그들이 보낸 경고 때문이었다.

집행이 시작되려면 조금 여유가 있을 거야. 그동안 살 집을 마련하면 돼.

구겨진 검은 구두에 서둘러 발을 꿰어 넣으며 그가 말했다. 구두는 안쪽 굽이 닳아서 조금만 걸어도 허리가 아팠다. 아내는 대꾸 없이 그를 바라보았다. 그는 아내를 향해 웃어주었다. 집행은 계고장을 보내는 것으로 시작해 이후 파산자의 재산을 압류하는 적법한 절차로 진행될 것이었다. 집행인이 언제 들이닥칠지 그로서도 알 수 없었다. 그러나 그렇게 말하는 순간 어쩐지 집행이 늦춰질 것이며 그사이 새로운 주거지를 찾게 되리라는 확신이 들었다. 어느 모로 보나 터무니없이 낙관적인 생각이었다.

마을 어귀까지 내려오는 데 열네 채의 집을 지나쳤다. 마을에는 모두 스물두 채의 집이 신작로를 따라 야산 방향으로, 이웃집의 채광을 방해하지 않도록 완만한 곡선을 그리며 늘어서 있었다. 입구 쪽에 첫번째 호수의 집이, 야산에 가까워질수록 높은 호수의 집이 있었다. 그에게 주택단지를 소개한 중개인 Y씨는 마을 뒤편의 산 때문에 풍광이 좋아 입주민이 몰렸다고 했다. 야트막하기는 하지만 인근 소도시 사람들이 개암이나 밤을 주우러 몰려들 정도는 되었다. 신작로 쪽에서 보면 야산은 듬성한 소나무숲을 이루고 있었다. 곳곳에 민둥민둥한 자리가 보였는데, 그런 자리에는 흉터처럼 낮은 무덤이 누워 있고 더 많은 무덤이 야산 곳곳에 숨어 있었다. 그는 산을 그다지 좋아하지 않았다. 산은 정해진 길이 없는 숲을 품고 있는데다 불쑥 무덤을 숨겨놓았다. 등산은 말할 것도 없었다. 어차피 내려올 거 뭐하러 힘들게 올라가나 하고 생각하는 쪽이었다. 그런 생각이 자신을 융통성 없고 고지식한 사람으로 보이게 한다는 걸 알았으므로 사람들에게 내색하지는 않았다.

집들은 얼핏 목조인 듯 보였으나 실은 철제 뼈대를 세워 지었다. 철제는 목조에 비해 평당 건축비가 훨씬 쌌다. 집터를 고르고 나자 집을 짓는 데는 열흘이 채 걸리지 않았다. 조립식자재를 사용하여 거대한 레고 블록을 쌓듯 모서리를 맞춰 나사를 조이고 자재를 끼워 넣는 게 공사의 전부였다. 그렇게 지어진 탓인지 집들은 같은 공장에서 생산된 공산품처럼 똑같아 보였다. 자세히 보면 창의 위치라든가 외벽의 모양이 조금씩 달랐지만 멀리서 보면 모두 똑같다고 말할 수 있었다. 흰 자갈이 깔린 마당에 파라솔이 놓이고 낮은 화단은 격자형의 울타리로 둘러싸였다. 똑같은 크기의 새장 모양 우편함이 울타리 미닫이문 옆에 세워졌다. 날씨가 좋은 주말 저녁이면 이웃들은 대개 파라솔 밑에서 비슷한 부위의 고기를 구워먹었다. 그들 가족은 상추쌈을 입에 넣다 말고 눈이 마주친 이웃에게 손을 흔들어주곤 했다. 이웃들도 파라솔 아래에서 비슷한 각도와 횟수로 손을 흔든 다음에야 상추쌈을 입에 넣었다.

그가 입주를 결심한 것은 단독주택을 갖고 싶은 욕심 때문이었다. 도시에서 살았던 삼층 연립주택은 거주자가 많아 늘 부산했다. 산을 좋아하지는 않지만 집 뒤에 산이 있다는 것도 특별하게 느껴졌다. 그것은 그야말로 전원에 산다는 의미이며 도시를 벗어났다는 뜻이었다. 이리로 이사를 오기 전까지만 해도 그는 도시를 떠나 살아본 적이 없었다. 그렇다고 딱히 도심지라 할 만한 곳에서 살았던 적도 없었다. 태어난 곳이나 성장기를 지낸 곳, 결혼하여 살림을 낸 곳은 다 도심 외곽의 변두리였다. 도심 한복판에 산 적도 없고 도시를 떠나본 적도 없다는 점에서 그는 전형적인 도시인이었다.

차가 신작로를 벗어나자 개 짖는 소리가 유난히 크게 들려왔다. 마을 인근에는 개 사육장이 있었다. Y씨는 사육장이 무허가이므로 부지가 곧 관청에 편입될 것이며, 그렇게 되면 자연스럽게 없어질 거라고 했다. 관청이 사육장 이전을 무리하게 추진하는 바람에 오히려 일이 늦어지고 있다는 말도 했다. 아내는 사육장이 있다는 말에 이사를 꺼렸지만 그는 대수롭지 않게 여겨졌다. 사육장의 개들이 서로를 물어뜯어 죽일 정도로 사납더라도 그들 가족과 마주치지만 않는다면 문제될 게 없었다. 개들은 비좁은 철창 안에서 같은 먹이를 먹고 비슷한 시간에 잠들었다가 깨어날 것이며 필요에 따라 여기저기 팔리고 종내에는 처참하게 그슬려 죽을 것이었다. 아무리 사납더라도 죽기 위해 팔리거나 철창 안에서 죽기 전에는 절대로 사육장을 벗어날 수 없을 터였다. 시끄럽게 짖어대는 게 문제가 되겠지만 그 정도야 참을 수 있었다. 그가 줄곧 살아온 도시에서는 소음이 침묵보다 일상적이었다.

그러나 개 짖는 소리는 참기 힘들 정도였다. 일단 몇 마리가 짖기 시작하면 수백 마리는 될 법한 개들이 일제히 짖었다. 소리는 하루종일 멈추지 않았다. 입주민들 사이에 사육장에서 투견을 기른다는 소문이 떠돌았다. 그것 말고도 사육장에 관한 소문은 많았다. 사납게 기르려고 일부러 먹이를 주지 않는다거나 개와 멧돼지를 한 철창에 가둬놓고 키운다는 것이었다. 사육장이 실은 도살장으로 쓰인다는 얘기도 있었다. 사육장 인근의 땅이 유난히 검고 짙은 게 도살의 증거라는 것이다. 사육장 주인이 입주민 중 하나라는 말도 떠돌았다. 그 때문인지 사람들은 은근히 남편의 직업이 뭐냐고 떠보았다. 소문은 무성했지만 사육장에 가보았다는 사람은 하나도 없었다. 그는 종종 소리가 나는 곳을 향해 고개를 돌렸다. 개 짖는 소리는 사육장이 아주 먼 곳에 있는 듯 아득하게 들리기도 하고 바로 이웃집인 듯 가깝게 들리기도 했다. 그나마도 고속도로의 화물차 지나가는 소음과 방바닥에서 울리는 기계음에 섞였기 때문에 정확한 방향을 짐작하기는 쉽지 않았다.

이미 출근시간이 지나 있었다. 다른 때라면 사무실에 앉아 느긋이 커피를 마시며 신문을 보고 있어야 할 시간이었다. 그의 늦은 출근을 염려하며 전화를 걸어주는 동료는 없었다. 그는 높은 파티션 때문에 동료들이 그의 자리가 빈 것을 모르고 있으리라 생각했다. 오전에는 중요한 회의가 예정되어 있었다. 안건이 뭐였는지 떠올려보려 했지만 잘 생각나지 않았다. 안건은 포스트잇에 적혀 모니터 한구석에 붙어 있을 것이다. 그는 안건조차 잊어버릴 만큼 회의 준비를 하지 못했다는 걸 깨닫고 초조해졌다. 시간에 맞춰 사무실에 들어간다 해도 그는 회의 내내 별다른 의견을 낼 수 없을 것이다. 어쩌면 부서장한테 머리통은 장식으로 달고 다니느냐는 핀잔을 들을지도 몰랐다.

그런 생각에 조금 서둘렀다. 차선을 바꿔 속력을 높여볼 생각으로 핸들을 돌렸다. 갑자기 요란한 클랙슨 소리가 들렸다. 얼른 원래 차선으로 돌아갔다. 그는 고속도로에서 규정 속도를 지키는 소심한 운전자 중 하나였다. 그는 고속도로가 무서웠다. 출근할 무렵이면 유독 트레일러나 총중량을 짐작할 수도 없는 거대한 화물차들이 지나갔다. 그 차들은 귀가 먹먹할 정도의 소음을 냈다. 화공약품이나 기계를 잔뜩 실은 트레일러가 뒤따를 때면 가슴이 오그라드는 것 같았다. 속도를 낮추자 뒤에서 다시 클랙슨이 울렸다. 사이드미러를 보고서야 유람선만큼이나 커다란 화물차가 바짝 뒤따르고 있다는 것을 알았다. 화물차는 곧 차선을 바꾸어 그를 앞질러갔다. 그는 화물차의 꽁무니를 보며 안도의 숨을 내쉬었다. 잠시 후에는 트레일러 한 대가 그를 뒤따랐다. 그는 아예 갓길로 차를 빼고 트레일러가 사라져 보이지 않을 때까지 기다렸다. 다시 차를 출발시켰으나 잠시 뒤에는 또다른 화물차가 다가왔다. 그는 할 수 없이 다시 차를 뺐다. 그런 식으로 몇 차례나 갓길을 들락거리고 나서야 비로소 도시로 들어가는 톨게이트에 다다랐다.

직원에게 통행료를 지불하며 차창을 열어 친숙하고도 익숙한 도시의 공기를 들이마셨다. 도시에서 그의 집은 강의 북쪽 끝에 있었다. 북쪽 끝이라고는 해도 미세먼지 농도나 소음 정도, 인구 밀집도에 있어서는 행정구역 안에서 손꼽히는 곳이었다. 말하자면 그는 먼지가 들끓고 소음이 끊이질 않으며 거리를 지나다니면 모르는 사람 어깨에 부딪히는 일이 다반사인 도시다운 곳에서 살아왔다. 그중에서도 그의 집은 연립주택이 밀집한 주택가였다. 그는 융자를 얻어 삼층짜리 연립주택을 샀다. 지하까지 몇 세대의 세입자를 들였어도 융자는 만원짜리를 깔아 바닥 장판을 해도 될 만큼 많았다. 아이를 키워 대학에 보내려면 정년이 되도록 갚아도

다 못 갚을지도 몰랐다. 이자는 갈수록 늘어났고 융자는 좀체 줄어들지 않았다. 그는 집채만큼이나 커다란 융자에 허덕였지만 집을 산 것을 후회하지 않았다.

그에게 전원주택 단지를 권한 것은 Y씨였다. 그는 삼층 연립주택의 융자 때문에 이사는 엄두도 못 냈고 전원으로 나가고 싶은 마음도 없었다. 전원주택은 연립주택 매입자에게 기존의 융자를 넘기고 집값의 절반도 넘는 융자를 다시 받아야 살 수 있는 가격이었다. 그럼에도 이사를 결심한 것은 Y씨가 전원주택이야말로 진정한 도시인의 꿈이 아니겠느냐고 했기 때문이었다. 그는 도시인이라면 선뜻 그렇다고 대꾸할 거라 생각했고, 그 때문에 나야말로 굴뚝이 달린 경사진 지붕의 새하얀 단층집이 꿈이었다고 가슴을 탕탕 내려치며 대꾸했다. 그러자 정말로 전원에 사는 것이 자신의 오랜 꿈인 양 여겨지기 시작했다. 그의 머릿속에 파란 하늘을 가벼이 떠돌고 있는 흰구름이 피어올랐다. 자갈이 깔린 정원의 화단에는 계절마다 다른 꽃을 심을 것이다. 집 뒤 텃밭에서 푸른 상추와 붉은 고추를 거둘 수도 있으리라. 이사를 결심한 그는 회사 동료들에게 전원주택이야말로 진정한 도시인의 꿈이 아니겠느냐며 큰소리쳤다. 다른 사람의 말을 그대로 인용하고 있다는 객쩍음을 느낄 새도 없이 그는 자신의 집이 산을 배경으로 한 경사진 지붕의 새하얀 단층집이라는 자랑을 늘어놓았다.

허둥지둥 사무실에 들어섰지만 그가 늦었다는 걸 알아채는 사람은 없었다. 옆자리 동료가 지나가는 말로 어제 과음했어? 라고 물은 게 다였다. 모두들 자기 업무로 정신없이 바빴다. 부서장은 전산으로 처리되는 출퇴근시간이 주 단위로 보고될 때에야 그가 지각한 걸 알게 될 것이다. 오전으로 예정된 회의는 부서장 사정으로 오후로 미뤄졌다. 그는 그 틈을 타 회의 안건에 대한 아이디어를 생각해보려고 했다. 몇 가지가 떠올랐으나 죄다 신통치 않았다. 좋은 아이디어라고 해도 무시될 거였다. 중요한 안건일수록 회의는 그저 요식행위일 때가 많았다. 필요한 사항은 이미 회의 전에 다 결정되어 있게 마련이었다.

낮시간은 정신없이 지나갔다. 오후로 미뤄진 회의는 결국 다음 주로 연기되었다. 그는 일하는 틈틈이 주식시장의 변동을 살폈다. 주가가 올라가면 주식을 사지 않은 걸 탄식했고 주가가 내려가면 경제가 왜 이 모양이냐고 탄식했다. 단지 습관으로, 가지고 있는 주식이 있을 리 없었다. 옆자리의 동료와 입주자를 모으고 있는 신도시에 대한 얘기를 한참 나눴다. 동료는 진지하게 청약을 고려중이었다. 그는 자신이 사는 전원주택도 일종의 기획형 신도시에 가깝다고 말했다. 동료는 별로 관심을 갖지 않았다. 그는 획일적인 아파트가 지겹지 않으냐고 동료를 떠보았다. 스스로 생각해도 그런 어조는 뜻밖이었다. 그는 아파트에서 산 적이 한 번도 없었다.

퇴근시간이 되자 일을 마친 동료들이 차례로 떠나갔다. 그는 지각한 탓도 있고 업무도 많이 밀려서 야근을 하기로 했다. 일 때문이 아니어도 도시의 사무실에 남아 있는 게 좋았다. 그는 늦은 밤의 텅 빈 사무실을 천천히 둘러보았다. 어지럽게 쌓여 있는 문서 더미, 정돈되지 않고 널려 있는 회의실의 의자들, 회의 내용이 채 지워지지 않은 널찍한 화이트보드, 아직 전원이 켜져 있어 빨간 불이 반짝이는 커피메이커까지. 동료들은 일을 끝내고 퇴근한 게 아니라 볼일을 위해 잠깐 자리를 비운 듯했다.

집에 돌아가기 전, 그는 창가로 가서 바깥을 내려다보았다. 건물마다 켜진 불이 밤의 거리를 따뜻하게 비추고 있었다. 그는 도시가 좋았다. 특히 도심지 한복판의 빌딩 안에서 맞는 밤이 좋았다. 건물을 밝힌 불빛은 아름답고 포근했다. 그중에서도 그는 맞은편 건물에 켜진 환한 형광등 불빛을 좋아했다. 그 불빛으로 맞은편 건물 사람들이 분주히 움직이는 걸 지켜볼 수 있었다. 건물은 육 차선 도로를 사이에 두고 떨어져 있었지만 불이 켜지면 사무실 내부가 훤히 들여다보일 정도로 가까웠다. 그는 할 수만 있다면 망원경으로 앞 건물 사람들이 무슨 일로 사무실에 남아 있는지 들여다보고 싶었다. 늦은 밤에도 그들을 찾는 전화가 끊임없이 걸려왔고, 누군가는 계속해서 팩스 번호를 눌렀다. 문서 절단기에 종이를 밀어넣는 사람도 있었고 진지한 얼굴로 회의를 하는 사람들도 있었다. 삼삼오오 모여 수다를 떠는 직원들도 있었다. 그는 창가에 서서 그들을 바라보고 있다가 앞 건물 사람과 눈이 마주쳐

머쓱해지고 나서야 창가를 떠났다.

고속도로를 두 시간이나 달려야 도착하는 마을은 암흑 자체였다. 고속도로를 벗어나 집으로 가는 신작로까지 가로등이 하나도 없었다. 그의 차가 뿜어내는 전조등 불빛이 유일하게 길을 밝혔다. 그는 산의 어둠이 그렇게 짙은 줄 새삼 깨달았다. 늦은 밤, 마을로 들어설 때면 산은 덩치 큰 개처럼 시커멓게 누워 있다가 재빨리 짙은 그림자를 내밀었다. 그나마 의지가 되는 것은 사방에서 들리는 개 짖는 소리였다. 그 소리를 듣고서야 마을에 제대로 들어섰다는 안도감을 느낄 수 있었다. 그는 개 짖는 소리를 따라 고속도로를 벗어나 마을로 들어왔고 어두운 신작로를 더듬거리며 집을 찾았다. 개들이야말로 마을의 유일한 가로등이자 보안등이었다.

그가 문을 열고 들어서자 파리한 얼굴의 아내가 문 뒤에 숨어 있다가 나왔다. 그는 아내가 왜 숨어 있는지 몰라 어리둥절했다.

그들이 온 줄 알았어요.

아내가 떨리는 목소리로 말했다. 그는 깜짝 놀랐다. 자신이 하루종일 그들을 잊고 있었음을 깨달았기 때문이다. 도시에 있는 동안 그는 파산에 이른 자신에게 곧 집행인이 들이닥칠 것이며, 그리하여 이 집을 빼앗길 것임을 잊고 있었다. 잊기 위해 여러 가지로 애를 쓰고 다른 궁리를 했던 것은 아니었다. 도시에서 그런 것은 자연스럽게 잊혔다. 여러 군데 거래처에서 그를 찾는 전화가 걸려왔고, 파산을 의식하지 못할 만큼 해야 할 일이 많았다. 주식과 부동산에 관한 얘기를 나누다보면 파산과 풍요가 헛갈리기도 했다. 도시에서라면 그들을 맞는 데 좀더 담담했을지도 몰랐다. 그는 도시를 떠난 것을 후회했다.

그는 겁에 질린 아내를 달래 먼저 재운 후 어두운 방안에 우두커니 앉아 있었다. 깊숙한 땅속에서 기계가 웅웅거리며 작동하는 듯한 소리가 들렸다. 공장을 철거하던 당시 소음이 심한 기계를 땅속에 묻어둔 게 아닐까 싶을 지경이었다. 방바닥에서 들려오는 기계 소리에는 어느새 인근 사육장의 개 짖는 소리가 섞였다. 그는 개들의 울음소리를 흉내내어 컹컹 낮게 짖었다. 간간이 화물차들이 바람처럼 빠르게 고속도로를 지나갔다. 그럴 때면 신작로의 미세한 균열이 고스란히 느껴졌다. 집이 거대한 기계가 된 것 같았다.

몇 대의 트럭이 신작로를 따라 올라오고 있었다. 아내는 낯선 차 소리를 듣자마자 안절부절못했다. 아이는 그런 엄마를 보며 덩달아 겁을 먹었다. 그도 트럭을 보는 순간 집행인이 온 것이라고 생각했다. 어쩌면 새로운 입주민이 들어오는 것일 수도 있었다. 이사하기에 적당한 휴일이었다. 트럭이 집 쪽으로 가까워져올수록 아내는 점점 핏기를 잃었다. 그는 집행인들이 이끄는 대로 순순히 살림을 내주리라고 생각했다. 소동을 부려 이웃들에게 파산

소식이 알려지느니 이사가는 것처럼 보이는 게 나았다.

여섯 대의 트럭이 요란한 소리로 덜컹거리며 그의 집을 지나쳤다. 트럭들은 짐칸 가득 철창을 싣고 있었다. 촘촘히 높게 쌓인 철창이 곧 무너질 것처럼 위태해 보였다. 아내는 트럭이 야산 쪽으로 갔다는 그의 말을 듣고서야 굳은 얼굴을 풀었다.

그는 집행인이 언제 들이닥칠지 몰라 불안해하느니 차라리 먼저 떠나는 게 낫지 않을까 하고 생각했다. 마땅히 갈 곳이 있는 것은 아니었다. 한숨을 쉬며 고개를 돌리다가 이웃집 사내와 눈이 마주쳤다. 그와 사내는 어색해하며 가볍게 고개를 숙여 인사했다. 그제야 자신보다 위쪽에 사는 집의 주인들이 모두 그와 비슷한 자세로 서서 트럭을 쳐다보고 있었다는 걸 알게 되었다. 그는 아래쪽으로 고개를 돌렸다. 집들은 유선형으로 휘어진 신작로를 따라 일정한 간격으로 늘어서 있었다. 단독주택의 주민들이 혼자서 혹은 가족과 함께 트럭이 올라간 쪽을 바라보고 있었다. 그것에 대해 그는 특별히 놀라거나 경악하지 않았다. 그에게는 지켜보는 게 관심을 드러내는 유일한 방식이었다. 다른 사람이라고 해서 다르지 않다는 게 오히려 그를 깊이 안도하게 했다. 그는 전원에 살고 있지만 도시 사람들과 다름없는 생활을 하고 있는 셈이었다. 그는 자신과 마찬가지로 도시에 익숙한 이웃들에게 손을 흔들었다. 그가 손을 흔들자 열네 집이 마치 카드 섹션을 하듯 순서대로 손을 흔들어주었다. 그는 그런 질서가 좋아서 입술을 끌어당겨 웃었다.

이웃들도 일제히 가벼운 웃음을 터뜨렸다.

트럭이 사라지자 아내는 안심한 듯 고무공을 가지고 아이와 마당으로 나왔다. 치매에 걸린 노모가 아내를 따라 나왔다. 아랫도리는 모두 벗은 채였다. 아내가 황급히 노모를 감싸안았다. 노모는 신음소리를 내며 아내의 팔에 이끌려 집안으로 들어갔다. 그는 화단에 물을 주려고 호스를 집어들었다. 수압이 낮은 탓에 물이 졸졸 새어나왔다.

어쨌거나 다행이야.

호스를 흔들어 물을 뿌리면서 중얼거렸다. 스스로도 뭐가 다행이라는 건지 알 수 없었다. 언제고 집행인이 올 거고 그로 인해 모든 일상적인 삶은 엉망이 될 거였다. 그런 생각을 하는 그의 발밑으로 공이 굴러왔다. 그는 호스를 내려두고 아이에게 공을 던져주었다. 공이 발에 닿을 때마다 아이가 까르르 웃음을 터뜨렸다. 그도 아이를 따라 웃었다.

아이와 그의 웃음소리가 개 짖는 소리에 묻혔다. 개 짖는 소리는 마을의 배경음이라 할 정도로 늘 있어오던 것이었다. 그럼에도 불구하고 이번에는 그 소리가 유난히 생경했다. 쫓기듯 다급하게 짖어대는 소리였다. 짖는 목청만으로도 얼마나 사나운 놈들인지 짐작할 수 있었다. 느닷없는 개소리에 아이가 구경을 하려는지 울타리에 매달렸다. 그는 아이에게 개들이 사나우니 집안으로 들어가라고 일렀다. 신작로로 접어들어 모습을 드러낸 개들이 쫓기듯 달려왔다. 마을에는 개를 키우는 집이 없었다. 사육장의 개들일 거였다. 그는 불현듯 사육장이 야산 너머에 있는 모양이라고 중얼거렸다. 그동안 개 짖는 소리가 워낙 사방에서 정신없이 들려왔기 때문에 사육장이 어느 쪽에 있는지 짐작할 수 없었다.

아이가 고무공을 바깥으로 던졌다. 공이 신작로를 따라 미끄러져 내려가자 아이가 공을 잡으려고 순식간에 울타리를 넘었다. 그가 깜짝 놀라서 아이에게 달려갔다. 개들이 그보다 먼저 아이에게 닿았다. 아이는 꼼짝 못하고 개들에게 포위당했다. 그는 침착하려고 애썼지만 몸이 후들거려 다리를 움직일 수 없었다. 개들을 후려칠 만한 몽둥이를 찾았지만 아무것도 눈에 띄지 않았다. 우선 닥치는 대로 마당에 깔린 자갈을 개들에게 내던졌다. 아무리 맞아도 아프지 않을 거였다. 그는 절망적으로 개들을 향해 소리질렀다. 비명소리를 듣고 놀란 아내가 뛰어나왔다. 그 뒤로 벌거벗은 노모도 따라 나왔다. 개들은 좀처럼 아이를 놔주지 않았다. 아내가 집안으로 들어가 자루가 긴 빗자루와 아이가 쓰는 야구방망이를 꺼내 왔다. 가벼운 알루미늄 방망이였지만 그는 닥치는 대로 개들을 향해 휘둘렀다. 그러면서 마을 사람들을 향해 도와달라고 소리를 질렀다. 그들을 도와줄 만한 사람은 보이지 않았다. 사람들은 이미 개 짖는 소리를 듣고 집안으로 들어가 문을 꽁꽁 잠갔다. 그도 진작 아이를 데리고 집안으로 들어갔어야 했다. 그러지 않은 것을 후회했다. 그의 경솔함을 나무라듯 멀리서 수백 마리의 개들이 한꺼번에 짖어댔다. 아이를 물어뜯는 개들의 으르렁거림이 먼 데서 우는 개들의 울부짖음과 섞였다. 오늘따라 사육장의 개들은 왜 저렇게 짖어댈까. 그는 울 듯한 기분으로 방망이를 내려치며 생각했다. 방망이에 닿는 것이 개인지 아이인지도 분간할 수 없었다. 그는 무턱대고 방망이를 휘둘렀다. 개들은 지치도록 아이를 물어뜯은 후에 느릿느릿 신작로 아래로 내려갔다.

가슴과 팔뚝의 살점이 뜯긴 아이는 죽은듯 누워 있었다. 개에게 물린 자리가 붉게 부어올랐다. 아내는 참을 수 없다는 듯 울음을 터뜨렸다. 그는 얼른 담요를 가지고 나와 아이를 담요로 조심스럽게 감싸고 차에 태웠다. 노모는 옷도 제대로 챙겨 입지 못하고 서둘러 차에 올라탔다.

병원이 어딘지 알 수 없었다. 그는 무턱대고 신작로를 따라 마을 입구 쪽으로 내려갔다. 여섯번째 집의 주인 사내가 마당에 나와 화단에 물을 주고 있었다. 그는 사내에게 인근에 병원이 어디 있느냐고 물었다. 사내는 들고 있던 호스를 내려놓으며 다급하게 사육장 쪽이라고 소리쳤다. 그러면서 손을 들어 야산 쪽을 가리켰다. 그는 차를 돌려 야산 쪽으로 거슬러올라갔다. 혹시나 싶어 마당에 나와 잡초를 뽑고 있는 열일곱번째 집의 사내에게도 병원이 어디에 있느냐고 물었다. 사내도 재빨리 사육장 쪽으로 가면 병원이 있다더라고 말해주었다. 그는 이웃들의 다급한 말투에서 그들이 아이가 다치는 걸 지켜보았음을 눈치챘다. 그는 건성으로 고맙다고 말한

뒤 차의 속력을 높였다. 아이의 신음소리가 잦아드는 것이 두려웠다. 아내는 아이를 품에 안고 계속 울어댔다. 울음소리 때문에 길을 찾는 데 집중할 수가 없었다. 그는 한 번도 사육장 쪽으로 가본 적이 없었다. 사육장 쪽으로 가기 위해서는 나침반과도 같은 개 짖는 소리에 귀를 기울여야 했다. 그는 아내에게 조용히 하라고 일렀다. 아내는 울음을 삼키느라 계속 코를 훌쩍거렸다.

차는 어느새 야산 중턱까지 왔다. 신작로가 거기까지 이어져 있었다. 개들이 사방에서 짖어댔다. 그는 차를 멈췄다. 개들도 짖기를 멈췄다. 그가 멈췄던 차를 움직이자 개들이 다시 짖기 시작했다. 개들이 짖는 것인지 그의 귀가 만들어낸 환청인지 분간할 수 없었다.

여보, 지금 개 짖는 소리가 들려?

그는 귓가에 떠도는 사나운 으르렁거림을 참지 못하고 아내에게 물었다.

무슨 소리예요, 빨리 가기나 해요.

울먹이며 아내가 소리쳤다. 그는 울 듯한 마음으로 다시 차를 몰았다. 개 짖는 소리에 묻혀 야산을 타넘었다. 야산을 넘어서니 그가 살고 있는 마을과 똑같은 모습의 주택단지가 나타났다. 그는 자신이 같은 자리를 맴돌고 있는 건 아닌지 불안해졌다. 그의 마을이 그렇듯이 새하얀 철제 단층 주택들이 도미노 칩처럼 일정한 간격으로 늘어서 있었다. 마지막 주택을 밀어 쓰러뜨리면 단지 전체가 우수수 넘어질 것 같았다.

마을 끝까지 이어진 신작로에 차를 멈추고 마당에 나와 있는 한 사내에게 병원이 어디 있느냐고 물었다. 화단에 물을 주던 사내가 들고 있던 호스를 내려놓으며 말했다.

사육장 쪽으로 가시면 큰 병원이 나옵니다.

그는 사내에게 사육장 쪽이 어디냐고 물었다. 사내는 헛갈린다는 듯이 잠시 사방을 둘러보고 사육장이 한두 곳이 아니라고 말했다가 야산 너머에 있다는 말을 들었다고 했다가 결국에는 그가 왔던 길을 가리켰다.

저 산 너머예요. 저쪽에서 개 짖는 소리가 들렸어요.

그는 절망적으로 한숨을 쉬었다. 차라리 개들이 짖는 소리에 의지하는 게 나았다. 아이는 잠자듯 고요하게 숨을 쉬고 있었다. 아내의 울음은 흐느낌으로 바뀌어 있었다. 그는 아내를 따라 울고 싶어졌다. 화가 치밀어올랐지만 눈물은 나지 않았다.

그는 소리를 따라 무턱대고 앞으로 나아갔다. 개들은 다른 어느 때보다 사납게 짖어대고 있었다. 개들이 워낙 사방에서 짖었기 때문에 북쪽으로 가면 사육장은 남쪽이 아닌가 생각되었고 우회전을 하면 좌회전을 해야 하는 게 아닌가 생각되었다. 그는 팔이 움직이는 대로 핸들을 돌렸다. 어떤 때는 개들이 짖는 소리가 좀더 가까워진 듯했고 어떤 때는 희미하게 사라지기도 했다. 아이만 아니라면 사육장을 먼저 찾아가고 싶었다. 아이의 살점을 물어뜯은 개들은 분명 사육장에서 기르는 것일 터였다. 철창에 갇힌 개들의 엉덩이를 후려갈겨주고 싶었다. 하지만 사육장의 개가 아닐 수도 있었다. 어느 마을에나 떠도는 개들은 있게 마련이었다. 버려진 개는 사육장에서 키우는 개보다 오히려 더 사나울지도 몰랐다. 그 생각에 몰두한 나머지 그는 자신이 찾는 것이 사육장인지, 아이를 치료할 병원인지, 아니면 아이를 물어뜯은 개인지 헛갈리기 시작했다.

신작로를 거슬러내려가다가 어느새 고속도로로 접어들었다. 고속도로로 접어든 이상 계속 달려야만 했다. 사육장이 야산 속에 있었던 것은 아니었을까? 그는 산을 타넘기만 했을 뿐 산속의 다른 길을 찾아보지 않은 걸 후회했다. 신작로를 벗어나 야산 깊숙이 들어갔다면 사육장을 찾을 수 있었을지도 몰랐다. 길을 잘못 들었다는 후회를 할 새도 없이 개 짖는 소리가 다시 들렸다. 소리는 도시 전체가 사육장이라고 해도 좋을 만큼 산발적으로 들려왔다. 가까운 곳인 듯 크게 들렸지만 차창을 때리는 바람소리 때문에 방향은 여전히 짐작할 수 없었다.

뒤따르던 트럭이 차선을 바꿔 그의 앞으로 달려왔다. 또다른 트럭 한 대가 덜컹거리며 그의 곁을 지나갔다. 고속도로에서 한 번도 규정 속도 이상으로 달려본 적이 없는 그는 앞서가는 트럭의 꽁무니를 따라가기로 마음먹었다. 아이를 빨리 병원에 데려가기 위해서는 트럭을 따라가는 게 나았다. 다행스럽게 개 짖는 소리가 여전히 들려왔다. 그는 무심코 자신을 앞질러 달리는 트럭의 꽁무니를 올려다보고는 깜짝 놀랐다. 짐칸 가득 위태롭게 실려 있는 철창에 개들이 한 마리씩 들어 있었다. 개들은 달리는 내내 그의 차를 내려다보며 컹컹 짖었다. 노모는 겁먹은 듯 눈을 크게 뜨고 몸을 덜덜 떨었다. 아내는 담요로 아이의 몸을 꽁꽁 싸매며 다시 울음을 터뜨렸다. 아이는 여전히 숨을 죽이고 누워 있었다. 그는 개들이 컹컹 짖는 트럭을 쫓아 규정 속도 이상으로 달리면서 종종 뒤를 돌아보았다. 자신이 과연 사육장 쪽으로 잘 가고 있는지 알 수 없었다. 뒤쪽으로는 위협하듯 속력을 한껏 올리고 쫓아오는 차들뿐이었다. 그 차들이 어쩐지 아이를 문 개처럼 두렵게 느껴졌다. 어둠이 차들의 꽁무니를 따라 재빨리 쫓아오고 있었다.

그는 어느새 트럭을 쫓아 도시로 들어가는 톨게이트 입구까지 왔다. 톨게이트 너머로 보이는 도시는 불빛 하나 없이 시커먼 어둠에 잠겨 있었다. 직원이 무표정한 얼굴로 그에게 요금 정산표를 내밀었다. 거기에는 그의 직장이 있는 도시의 이름이 적혀 있었다. 그럼에도 그는 불빛이 사라진 도시가 낯설어서 여기가 도시인지 아니면 그가 사는 마을인지 헛갈렸다. 트럭은 보이지 않았다. 여전히 개 짖는 소리가 가로등처럼 그를 인도하고 있었다. 그는 그 소리를 따라 사육장 쪽으로 가기 위해 속력을 높였다. 언젠가는 길이 끝날 거였다. 길이 끝나는 곳까지 달려가면 어딘가에 닿을 것이다. 그는 그들이 닿는 곳이 사육장 쪽이면 좋겠다고 생각했다.

동물원의 탄생

*

사라진 것은 시베리아산 늑대였다. 몸길이 백이십 센티미터, 꼬리 길이 사십팔 센티미터, 몸무게 사십칠 킬로그램인 놈이었다. 어쩌면 그보다 더 크거나 무게가 더 나갈지도 몰랐다. 보도된 수치는 지난달에 잰 것이었다. 그달에 동물들에 대한 정기 건강검진이 있었다.

여느 놈보다 굵고 긴 다리를 가진 그는 종종 야트막한 바위 위에 올라서서 멀찍이 허공을 바라보았다. 치켜 올라간 양쪽 귀에서 꼬리까지 부드러운 곡선으로 이어졌다. 황갈색의 깊은 눈은 무엇을 보고 있는지 알아차리기가 힘들었다. 무엇보다 식욕이 대단한 놈이었다. 한끼 식사는 손질된 닭 두 마리가 다였는데 그것으로 양이 차지 않아서 늘 나뭇가지를 씹어댔다. 전문가들은 늑대가 닷새 정도는 굶어도 살 수 있다고 했다. 닷새가 지나면 어떤 상황이 닥칠지에 대해서는 아무도 말하지 않았다.

우선 인가로 들이닥치겠죠. 그리고 눈에 띄는 건 뭐든지 물어뜯을 겁니다.

전문가들은 걱정스러운 눈빛으로 말했다. 누구라도 '뭐든지'라는 말이 뜻하는 걸 알아차릴 수 있는 눈빛이었다.

늑대 우리를 지나 조금만 더 올라가면 왼쪽에 호랑이나 사자 같은 맹수 우리가 있었다. 맹수 우리에는 작은 샘과 몸을 눕혀 쉴 수 있는 커다란 바위와 나무 그늘이 있었다. 철창이 촘촘한데다가 풀 한 포기 없이 황량한 늑대 우리에 비하면 맹수 우리는 사바나에 비견할 만했다. 우리 크기에서 알 수 있듯 늑대는 관람객들에게 인기가 없는 동물이었다. 게다가 시베리아산은 멸종위기에 처한 종도 아니었다. 관람객이 모여드는 한낮이면 늑대는 대개 낮잠을 잤다. 일어나 있을 때는 살기 없는 눈으로 관람객을 응시했다. 관람객들은 킁킁거리지도 않고 날카로운 이빨로 생고기를 물어뜯지도 않으며 으르렁거려 자신들을 위협하지도 않는 늑대에게 곧 싫증을 내고 철창 앞을 떠났다. 관람객들에게 늑대는 동물원에 기거하는 수많은 동물 중 하나에 불과했다.

늑대가 사라진 것은 오후 늦게야 발견되었다. 사육사만 드나드는 내부 문이 열려 있었다. 바깥에서 잠그는 걸쇠가 풀려 있는 탓에 늑대는 사라졌다기보다 도난당한 것으로 추측되었다. 누가 어떻게 늑대를 데리고 동물원을 빠져나갔는지 알 수 없었다. 사육사는 그날따라 유난히 늑장을 부렸다. 늑대에게 먹이를 주지 않은 것이 조사 과정에서 밝혀졌다. 오후가 되도록 우리가 텅 빈 걸 몰랐던 것은 그 때문이었다. 뉴스를 통해 보도되기 전까지 관람객들은 우리 속에 늑대가 없는 줄도 모르고 지나쳤다. 사육사는 해고되었다. 사람들은 뉴스에 나온 늑대의 황갈색 눈이 남다르다고 생각했다. 늑대는 사라지면서 관심을 끌기 시작했다.

며칠 후에는 새장이 망가졌다. 새장은 돔 형태로 최고점이 지상에서 오 미터 높이였다. 촘촘히 박힌 지붕의 쇠창살이 허공을 향해 벌어져 있었다. 해안가에 심한 폭풍우가 몰아친 날이었다. 도시의 풍속계도 다른 날보다 바쁘게 돌아갔다. 입간판이 쓰러지고 구조물이 떨어져 행인이 다쳤다. 개인적인 사고였다. 거센 바람에 지붕이 들린 것은 한 종류의 새장뿐이었다. 새들은 뚫린 지붕을 통해 바깥으로 빠져나갔다. 잿빛 깃털 여러 개가 바닥에 떨어져 있었다. 동물원측은 사라진 새가 모두 몇 마리인지 정확한 수치를 알 수 없어 애를 태웠다. 사육사들의 주장과 동물원에 기록된 수치에 차이가 있었다. 시민들은 사라진 새가 몇 마리건 대수롭지 않게 여겼다. 오히려 일련의 사태를 흥미롭게 지켜봤다. 새떼는 늑대에 비하면 하나도 위험하지 않았다. 동물원 관계자들은 두려움을 느꼈다. 처음에는 늑대가 사라졌고 이어 새떼가 날아갔다. 누군가 동물원을 골탕 먹일 목적으로 장난을 치고 있는 건지도 몰랐다. 동물원의 이미지는 나빠질 대로 나빠졌다. 관계자들은 보수 공사를 핑계로 동물원을 임시 휴장하기로 결정했다. 보안 시설 공사를 하기 위해서였다. 동물 우리에 전부 감시 카메라를 설치하기로 했다.

도시에 총소리가 들리기 시작한 것은 동물원에 휴장 결정이 내려진 직후였다.

*

사내는 총소리가 들리는 곳으로 시선을 돌렸다. 어둠 속에서 빌딩들이 서서히 윤곽을 드러냈다. 총소리는 차갑게 얼어붙은 밤공기를 가르며 허공으로 흩어졌다. 소리의 방향을 가늠하기란 쉽지 않았다. 사내가 숨을 크게 내쉬었다. 허공 속으로 입김이 하얗게 퍼졌다. 입김이 사라진 쪽으로 천천히 걸음을 옮겼다. 빌딩과 빌딩 사이에 있는 낮은 구릉 쪽이었다. 구릉에는 작은 팔각정이 있었다. 총성은 그쪽에서 들린 것 같았다. 슬리퍼만 꿰신은 발이 시렸다. 밤공기가 점점 차가워졌다. 총소리를 듣고 갑자기 나선 참이었다. 늑대는 곧 한파를 맞닥뜨릴 것이다. 얼어죽거나 굶어죽을지도 모른다.

막 구릉 쪽으로 들어서려는데 다시 총성이 울렸다. 소리는 어두운 하늘을 번개처럼 가르며 울려퍼졌다. 사내의 마음에도 번개가 치는 듯 불이 반짝였다. 가까운 곳에서 들렸지만 여전히 방향을 가늠하기 어려웠다. 방향을 알 수 없는 총성은 다른 날과 마찬가지로 밤새 계속될 것이다.

처음 총성을 들었을 때 사내는 찔끔 오줌을 지렸다. 옆에 선 사람이 총에 맞은 게 아닌가 싶을 정도로 가까운 거리에서 울려서였다. 어느 날은 자신의 심장에 총알이 박히는 것처럼 느껴지기도 했다. 심장에서 터진 피가 솟구치는 소리도 들리는 것 같았다. 늑대를 잡으려고 도시를 헤매고 다니는 동안 사내는 더는 총성을 두려워하지 않게 되었다. 오히려 길고 커다란 총성 뒤에 오는 나지막한 고요가 좋아졌다.

모두들 하루빨리 늑대를 잡아야 한다고 입을 모았다. 늑대는 위협적인 동물이었다. 늑대에게 물려 죽은 것으로 추정되는 시신이 발견되었다. 시신은 참혹했다. 이빨이 박힐 만한 곳은 죄다 물어뜯겼다. 내장이 찢어진 채 아스팔트에 납작하게 깔려 있었다. 늑대의 소행인지 확신할 수 없었다. 아스팔트에 말라붙은 피딱지 어디에서도 늑대의 터럭은 발견되지 않았다. 핏자국이 남은 늑대의 발자국도 찾아볼 수 없었다. 다만 날카로운 것에 물어뜯긴 것만은 확실해 보였다. 시신을 목격한 사람은 얼마 되지 않았으나 소문은 재빨리 퍼져나갔다. 떠도는 얘기 중에는 사체의 일부가 사라졌다는 말도 있었다. 배고픈 늑대가 뜯어먹었을 거라는 추측이 따라붙었다. 늑대의 묵직한 이빨은 찢고 빻는 동작이 가능해서 아무리 큰 포유동물이라도 사지를 쉽게 절단할 수 있다는 신문보도도 나왔다. 단단한 뼈를 가루처럼 부술 수도 있다고 했다. 하루빨리 늑대를 잡아야 하는 당위성은 늑대에게 악랄하고 혐오스러운 이미지를 부여함으로써 확고해졌다.

아무리 사람을 죽였다고 해도 늑대를 잡기 위해 모든 경찰병력을 동원할 수는 없었다. 도시에는 사라진 늑대 말고도 문젯거리가 많았다. 시市는 유해조수 구제법을 발효했다. 인간이나 농작물에 해를 가하는 조수를 잡을 수 있는 공식적인 허가였다. 늑대는 유해조수로 분류되었다. 구제법 발효 이후 총기상이 때 아닌 호황을 누렸다. 총소리가 도시에서 더 자주 들리기 시작했다. 경찰은 총소리에 놀란 시민의 항의를 묵살하거나 신고 접수 후 출두하지 않는 식으로 규정 시간 이후의 총성을 묵인했다. 그러면서 늑대와 관련된 일에서 손을 뗐다.

팔각정 아래 시커먼 그림자가 웅크려 자고 있었다. 사내는 검은 그림자에게 조심스럽게 다가갔다. 털가죽옷을 입은 몸집이 커다란 남자였다. 남자는 다가서는 기척에도 아랑곳없이 누워 있었다. 사내는 남자 옆에 주저앉았다.

늑대를 찾아 도시를 헤맨 지 벌써 여러 날이 지났다. 늑대는 도시에 남아 있는 게 틀림없었다. 계속되는 총성이 그 증거였다. 그러나 총성이 이어지는 와중에도 그는 늑대 터럭 하나 볼 수 없었다. 도시에서 늑대를 보았다는 사람들은 계속 나타났지만 그들이 본 것이 늑대인지 늑대를 닮은 개인지 확인할 길 없었다. 늑대의 동태가 불확실해지면서 애당초 동물원을 탈출한 늑대 따위는 없었을 거라는 얘기도 나돌았다. 관리에 소홀했던 사육사가 병들어 죽은 늑대를 두고 탈출한 것으로 얘기를 꾸며냈다고 했다. 늑대가 철창문을 열고 도망쳤다는 것만큼이나 근거가 없기는 마찬가지였다. 늑대를 쫓는 사람들은 그 말을 믿지 않았다. 그들은 도시 어딘가에 늑대가 숨어 있다고 믿었다.

털가죽을 뒤집어쓴 남자가 잠이 깼는지 그에게 손을 내밀었다.

담배 있으면 하나 주시오.

사내가 그에게 담배 한 개비를 물려주었다.

웬 총이요?

남자가 물었다. 사내는 총신을 쓰다듬고 있었다.

늑대 때문에요.

남자가 고개를 끄덕였다.

도시에 온통 늑대 사냥꾼뿐이군요.

그 말에 화답이라도 하듯 어디선가 총성이 한 발 울렸다.

꼭 불꽃놀이하는 소리 같지 않소? 저 소리 말이오.

남자가 말했다. 사내가 맞장구치는 대신 피식 웃었다. 불꽃이라면 흉포하게 사람을 죽일 리 없었다. 총구는 늑대를 겨냥했지만 정작 도시를 배회하는 버려진 개들이 죽어갔다. 사냥꾼들은 밤의 도시에서 마주치는 짐승이라면 가리지 않고 총을 겨누었다.

저 소리가 나면 곧 이어서 오색 불꽃이 퍼질 것 같단 말이야.

남자가 담배를 비벼 끄며 덧붙였다. 기껏해야 개가 피를 흘리겠지만…… 그러고는 네발 달린 짐승처럼 바닥에 엎드렸다. 그의 몸은 머리에서 엉덩이까지 길게 털가죽으로 덮여 있었다. 남자가 한 손으로 털모자를 뒤집어쓰는 걸 보고 사내는 웃음을 터뜨렸다.

뭐하는 거요?

보시오, 내가 늑대라오.

남자가 사내에게 손을 흔들고 허공을 향해 우는 소리를 낸 후 기어서 구릉을 내려갔다.

엉덩이가 너무 치켜 올라갔어요. 게다가 꼬리도 없잖아요.

사내가 그의 뒤에 대고 크게 소리를 질렀다. 빵, 입 모양으로 그에게 총을 쏘는 시늉을 했다. 털가죽옷을 입은 남자가 천천히 구릉 아래로 사라졌다. 더러운 털가죽에 꼬리도 없는 늑대라니. 늑대와 남자가 닮은 점은 둘 다 수컷이라는 사실뿐이었다.

털가죽을 뒤집어쓴 사람은 남자 말고도 많았다. 늑대의 털가죽을 본뜬 외투가 유행하고 있었다. 남자들은 곧 닥칠 한파와 상관없이 외투를 사들였다. 아이들 사이에서는 늑대 가면이 유행이었다. 거리 어디에서나 늑대 얼굴의 플라스틱 가면을 쓴 아이들을 볼 수 있었다. 가면을 쓴 아이들은 늑대처럼 허공을 향해 울부짖었다. 늑대 인형을 단 자전거와 장난감 자동차가 출시되었다. 놀이기차도 있었다. 돈을 넣으면 늑대 울음소리를 낸 후 오 분 동안 아이를 태우고 느릿느릿 앞으로 나아갔다. 간혹 새 날개를 단 아이들도 보였다. 고무줄을 이용해 양팔에 기다란 날개를 끼우고 높은 곳에서 뛰어내렸다. 팔에 낀 날개는 공기저항을 줄이는 데 아무 소용이 없었다. 아이들이 떨어져 다리를 다치거나 팔을 다치는 사고가 종종 일어났다.

시간이 지나면서 사람을 물어뜯어 죽인다는 늑대보다 새들이 더 두려운 존재가 되었다. 낮에 나타나서였다. 그들은 낮고 기분 나쁜 소리로 울었으며 떼 지어 몰려다니면서 검은 그림자를 만들었다. 아무데나 똥을 쌌고 부리에 닿는 것이면 무엇이든 닥치는 대로 쪼았다. 부모가 딴짓을 하는 사이 유아차에 누워 있는 갓난아기의 몸을 쫀 일도 있었다. 거동이 불편한 노인의 다리를 쪼아 넘어뜨리기도 했다. 동물원에서 탈출한 독수리가 시체를 쪼아 먹는다는 소문도 돌았다. 그 말은 곧 독수리에게 쪼아먹힐 정도로 오랫동안 거리에 방치된 시체가 있다는 말이어서 경찰이 큰 곤혹을 치렀다.

사람들은 새떼라면 머리를 내둘렀다. 새떼는 공항 근처에 나타나 항로를 막는 문제를 일으키기도 했다. 동물원에서 새떼가 사라지기 전에도 그런 일은 가끔 있었다. 그런데도 사람들은 동물원에서 빠져나온 새들이 문제를 일으켰다고 생각했다. 새를 잡으려고 도시 곳곳에 약을 묻힌 먹이를 뿌려놓았다. 죄 없는 노숙인들이 죽어나갔다. 죽은 노숙인의 몸 위에 새들이 싸놓은 똥이 묻어 있었다.

사람들은 사라진 동물에 관한 얘기를 떠들어댔다. 모두 낮의 일이었다. 밤이 되면 서둘러 문을 걸어 잠갔다. 도시의 밤은 먹이를 찾아 낮게 나는 새떼와 늑대를 잡으려는 사냥꾼의 차지였다. 늑대는 단 한 마리에 불과했지만 사냥꾼의 수는 헤아릴 수 없을 정도였다. 보안등도 없는 외진 골목길에서 사냥꾼을 만나는 것은 두려운 일이었다. 그들 대부분 허가받지 않은 총기류를 가지고 있었다. 사냥꾼의 총에 사람이 맞았다는 소문이 심심치 않게 이어졌다. 총알이 심장을 관통해도 총알의 주인이 누구인지 알 수 없었다.

늑대가 잡혔다는 보도는 없었다. 이미 잡혔는지도 몰랐다. 이를 확인하기 위해서는 언론보다 암시장의 동태를 살피는 편이 나았다. 사냥꾼들은 설혹 늑대를 잡았다고 해도 언론에 공개하지 않을 것이었다. 공개하면 애쓴 보람도 없이 고작 몇 푼에 귀한 늑대를 넘겨야 했다. 밤의 사냥에 뛰어든 이들이 바라는 것은 보상이 아니었다. 야생이라곤 찾아볼 수 없는 도시 사람들에게 동물원을 탈출한—대부분의 사람들은 늑대와 새떼가 탈출했다고 믿고 있었다—늑대만큼 야성적이고 매력적인 것은 없었다.

사내도 늑대를 찾아 도시 곳곳을 헤맸다. 늑대를 보았다는 사람들의 말에 의지해서 장소를 옮겨다녔다. 사람들이 늑대를 보았다고 한 곳은 대개 도심 한복판이었다. 어떤 사람은 대형 백화점 정문 앞이라고 했고 어떤 사람은 고층 아파트 단지라고 했다. 사내는 도시에서 늑대를 보았다는 그들의 말을 믿었다. 사내 역시 도심 한가운데에서 늑대를 본 적이 있었다.

그날 사내는 몹시 술에 취해 있었다. 비슷한 정도로 술을 마신 직장 동료들이 앞서거니 뒤서거니 택시를 타고 떠났다. 사내는 그들에게 손을 흔들어주고 몸을 휘청이며 조금 걸었다. 익숙한 고층 건물의 그림자가 그의 몸에 시커멓게 내려앉았다. 술에 취한 그는 저도 모르게 지하철역 부근으로 가고 있었다. 지하철은 이미 끊겼을 시각이었다. 그는 자신의 습관을 기억하고 있는 두 다리에 놀랐다. 택시비를 아끼려고 늦은 밤에도 가급적 지하철을 타고 다녔던 것이다. 집으로 가는 택시를 타려면 도로를 건너야 했다. 도로는 텅 비어 있었다. 아무리 늦은 밤이라도 도로에 차가 한 대도 없는 경우는 많지 않았다. 차들이 어딘가에 일렬로 서서 주행 신호를 기다리고 있을 것만 같았다.

차가 오지 않는지 연방 주위를 돌아보며 도로를 건너는 와중에 늑대를 보았다. 늑대는 반대편에서 건너오고 있었다. 거리는 일순 진공상태에 빠진 듯 조용해졌다. 사내는 자신이 단단히 취했다고 생각해서 도로 중앙에 멈춰 섰다. 그의 몸이 지구가 도는 방향을 따라 천천히 흔들렸다.

늑대가 천천히 사내 쪽으로 걸어왔다. 달빛인지 가로등 불빛인지 먼 데서 오는 차들의 불빛인지 알 수 없는 빛이 늑대를 비추고 있었다. 늑대의 몸이 하얗게 빛났다. 치켜 올라간 황갈색 눈이 사내를 부드럽게 노려보았다. 늑대와 눈이 마주쳤을 때 무엇인가 사내를 서서히 움직였다. 생각이 그랬을 뿐 달라진 것은 아무것도 없었다. 다만 머리끝까지 차올랐던 알코올이 한순간 증발해버렸다. 늑대는 우두커니 서 있는 사내를 지나쳐 천천히 도심 속으로 사라졌다. 사내는 이미 어둠 속으로 사라진 늑대를 눈으로 더듬으며 한참 동안 그대로 서 있었다.

그는 보험회사의 사무원이었다. 월급의 대부분은 시골에 있는 노모에게 보냈다. 노모는 작년 겨울 눈길에 미끄러져 엉덩이뼈에 금이 가는 바람에 거동을 못했다. 돈을 보낸다고 해도 노모는 병원에 가지 않을 것이다. 노모가 있는 시골집까지 가려면 다섯 시간이 넘게 걸렸다. 그는 명절이 아니면 집에 잘 내려가지 않았다. 간혹 일이 바쁘다는 핑계로 명절에도 내려가지 않았다. 노모와 단둘이 차리는 제사상은 단출하고 쓸쓸했다. 평소 아침은 먹지 않았고, 저녁은 술안주나 근처 김밥 전문점에서 간단한 음식으로 때웠다. 일이 많아서 자주 야근을 했고, 주말에도 대개 출근을 했다. 친구를 만날 짬을 내기도 쉽지 않았다. 그래도 늘 일이 밀려 회사에서는 업무 속도가 느리다는 평가를 받았다. 가끔은 자신이 야근을 하거나 주말에 출근하기 때문에 오히려 일을 못한다는 평가를 받는 건 아닐까 하는 생각이 들었지만 일이 밀렸으므로 어쩔 수 없이 다시 야근을 하고 휴일 근무를 했다. 출근하지 않는 휴일에는 밀린 빨래를 했다. 낡은 세탁기는 호스에 구멍이 났는지 탈수를 할 때면 부엌을 물바다로 만들었다. 배수도 신통치 않았다. 한 번 빨래를 하면 이틀 넘게 부엌 바닥에 물이 고여 있었다. 거품이 인 물에 발을 담그고 부엌에 걸린 줄에 빨래를 널었다. 빨래를 하고 나면 반지하인 집은 눈물을 흘린 것처럼 축축하게 젖어들었다. 천장과 벽에는 검고 푸른 곰팡이가 잔뜩 피어 있었다. 사내는 곰팡이 무늬를 따라 그전 밤에 본 늑대를 그려보며 남은 시간을 보냈다.

하는 일이 없어도 주말은 빨리 갔고 다시 아침을 굶고 출근하는 월요일이 왔다. 사내는 늑대를 흉내내듯 천천히 걸었다. 언제나 사무실에서 제일 늦게 출근하고 종종 지각하던 그는 또 지각을 하고 말았다. 부장을 비롯한 모든 직원이 문을 열고 들어서는 사내를 일제히 쳐다보았다. 사무실이 일순 조용해졌다. 다른 때 같았으면 자신을 응시하거나 혹은 딴청을 피우는 시선 속에서 사내는 아마도 누군가 자신의 흉을 보았다고 생각했을 것이다. 사내가 속한 팀은 새로 맡은 프로젝트 때문에 업무량이 많았다. 사내가 따라잡기에 힘이 부쳤다. 다른 팀원들은 주말에 죄다 출근했다. 조용한 사무실에 사내의 발소리가 울렸다. 한 발 한 발 떼어놓는 자신의 발소리를 들으며 사내는 늑대를 떠올렸다. 천천히 도로를 건너와 밤의 골목으로 사라진 늑대. 늑대는 사내를 응시하며 부드러운 눈을 치뜨고 있었다.

사내는 늑대처럼 눈을 하고 부장 앞으로 갔다.

어젠 몸이 아팠어? 다른 팀원들은 모두 출근했었네.

부장은 사내를 쳐다보며 부드러운 말투로 물었다. 사내는 천천히 고개를 저었다.

몸이 아픈 게 아닙니다.

그럼 뭐야? 몸도 안 아픈데 주말 내내 쉬고도 지각을 했어?

부장이 금세 짜증 섞인 말투로 물었다.

늑대 때문에……

사내가 대답했다. 부장이 듣지 못했는지 뭐라고? 하며 크게 되물었다. 사내가 잠자코 있자 부장은 재촉하듯 볼펜을 만지작거렸다. 부장에게 문책을 당하는 동안 그의 눈은 늑대처럼 자꾸 치켜올라갔다. 늑대더러 황갈색 눈을 감으라고 채근할 수는 없었다. 사내는 치켜뜬 눈으로 부장에게 사표를 내겠다고 말했다.

그만두면 뭘 하려고?

부장의 말투가 다소 누그러졌다.

늑대를 찾을 겁니다.

부장은 아무 대꾸도 하지 않고 있다가 부하 직원을 시켜 사직서 양식을 가져오게 했다.

멀리서 찾을 거 뭐 있어? 세상천지가 다 늑댄데.

괜한 짓을 했다고 그를 말리던 동료 중 하나가 말했다. 사내는 그를 향해 가슴속의 눈을 치떴다. 동료가 눈을 꼭 감은 사내를 보며 어리둥절한 표정을 지었다.

사내는 종종 자신을 홀린 것이 무엇이었는지 생각했다. 선량해 보이던 늑대의 황갈색 눈인지, 팔면 돈이 될 보드라운 털가죽인지, 질기면서도 생소할 고기인지 알 수 없었다.

총을 쥔 손에 힘을 주었다. 한 번도 총을 쏴본 적은 없었다. 총알은 일곱 발이 장전되어 있었다. 늑대가 나타나면 일곱 발 안에 끝장을 내야만 했다.

처음에 사내는 맨손으로 늑대를 찾아다녔다.

맨주먹으로 늑대를 잡겠다는 말이에요?

한 남자가 불쑥 물었다. 도시 곳곳에서 이미 여러 번 마주친 남자였다. 그는 어깨에 긴 총을 메고 있었다. 사내는 늑대를 쫓으면서 난생처음 총을 보았다. 늑대를 다시 만나야겠다고 생각했을 뿐 총을 준비할 생각은 하지 못했다. 총이라면 경찰서에 유치해야만 하는 물건인 줄 알고 있었다.

남자는 사내에게 총을 살 만한 곳을 일러주겠다고 했다. 사내는 그가 장사치라고 생각하면서도 따라나섰다. 사냥꾼이 아니라 늑대를 찾아다니는 사람에게 접근해 총기를 밀매하는 사람일지도 모른다고. 사내는 남자의 총을 바라보다가 자신의 주먹 쥔 손을 내려다보았다. 전자계산기를 두드려 보험료 정산을 하던 그의 손은 희고 곧았다. 늑대는커녕 바퀴벌레도 못 잡을 듯한 손이었다. 총은 도시에서 사냥을 위한 필수품이었다. 아프리카에서는 사냥을 하기 전 숲속에서 혼자 밤을 지새운다고 했다. 사냥꾼이 되려면 바람의 방향을 읽는 법을 알아야 하고, 동물의 울음소리를 내야 하며, 물이 어디에 있는지도 알아야 해서. 그는 도시에서 혼자 밤을 지새운 적이 없으며 별을 보고 방향을 잡거나 바람의 방향을 읽는 법을 몰랐다. 그 모두를 할 줄 모르니 총이라도 있어야 하는 게 아닐까.

남자는 좁고 지저분한 몇 개의 비슷비슷한 골목을 어수선하게 드나들었다. 혼자서는 다시 찾아올 수 없도록 복잡한 길을 택한 것일지도 몰랐다. 으슥하고 좁고 쓰레기 냄새가 진동하는 뒷골목을 수도 없이 지나친 후에 간판도 없는 어느 허름한 담뱃가게 앞에 섰다. 가게 안에서는 남자 몇 명이 화투를 치고 있었다. 그들은 가게로 들어서는 사내를 뜨악한 눈으로 쳐다보았다. 남자가 그들 중 하나와 눈을 맞추더니 발이 걸린 가게 안쪽으로 들어가 낡은 총 한 자루를 꺼내 왔다.

발사가 되나요?

사내가 표면이 거칠고 조잡해 보이는 총신을 더듬으며 조심스럽게 물었다. 남자들이 피식 웃었다.

발사가 안 되면 그게 총인가?

사내는 길고 어두운 총구 안을 들여다보았다. 어디선가 동물의 울음소리가 들리는 것만 같았다.

남자가 총을 받아들고 어색해하는 사내를 실탄사격장으로 데리고 갔다. 늑대가 사라진 이후 호황을 누리는 업종 중 하나가 실탄사격장이었다. 남자는 대학 시절 전국 규모의 사격대회에서 수상한 적이 있다고 했다. 과연 왕년의 사격선수답게 겨냥하는 목표물을 잘도 떨어뜨렸다. 사내는 그가 가르쳐준 대로 방아쇠를 당겼다. 총알은 사격장 뒤편의 어딘가를 향해 날아갔다.

최초로 방아쇠를 당겼을 때의 느낌은 각별했다. 총구에서 순식간에 뿜어져나간 총알은 이전까지의 삶에 찍는 요란한 종지부 같았다. 사내는 반드시 늑대를 잡고야 말리라고 다짐했다. 비로소 자신에게 목표가 생긴 느낌이었다.

*

늑대였다. 빌딩 환풍구 뒤쪽이었다. 거대한 검은 그림자가 어슬렁거리고 있었다. 사내는 소리 나지 않게 주의하면서 그림자 쪽으로 다가갔다. 어디서 나타났는지 왕년의 사격선수가 조용히 사내를 뒤따랐다. 밤의 도시에서 사냥꾼끼리 마주치는 일은 흔했다. 그림자가 느릿느릿 움직였다. 그림자에게 가까워질수록 총을 쥔 사내의 손에 땀이 배었다. 그림자는 아스팔트 위에 거대한 몸을 눕혔다. 사내가 천천히 침을 삼켰다. 그 소리가 밤의 도시로 울려

퍼졌다.

어디선가 새 울음소리가 들렸다. 어두운 하늘에 몇 마리의 새가 날고 있었다. 깍깍거리는 울음소리만 아니라면 새인 줄도 몰랐을 거였다. 무리 지어 나는 새들은 먹구름처럼 보였다. 사내는 얼른 몸을 눕힌 그림자를 살펴보았다. 그림자는 새떼의 울음소리 따위는 아무것도 아니라는 듯 여전히 웅크리고 있었다. 사내는 발소리가 나지 않도록 아예 신발을 벗었다. 아스팔트에 묻은 음식물 찌꺼기가 맨발에 끈적하게 달라붙었다.

사내는 등을 돌리고 앉아 있는 짐승의 꼬리가 바짝 선 것을 보았다. 그는 꼬리를 향해 서서히 다가갔다. 다가갈수록 그림자의 윤곽이 선명해졌다. 몸을 뒤덮은 털의 거친 촉감이 느껴지는 것만 같았다. 사내가 손에 밴 땀을 바지에 닦았다. 왕년의 사격선수는 이미 늑대를 향해 총구를 겨누고 있었다. 사내는 그가 먼저 총을 쏠까봐 조급해졌다. 오히려 그라면 치명상을 입히지 않고 늑대를 잡을 수 있을 것이다. 자신이 쏜 총알은 빗나가거나 늑대의 숨통을 끊어놓을 수도 있었다. 그 생각 탓에 총을 쥔 손이 바르르 떨렸다. 지금 쏘지 않으면 늑대는 영영 사라져버릴 것이다. 두 번이나 늑대를 마주치는 것은 쉬운 일이 아니었다. 사격장에서 최초로 방아쇠를 당겼을 때의 떨림이 생각났다. 총알이 발사되고 난 후 몸에 전해오던 떨림, 고막을 찢을 듯한 울림, 몸을 흔들던 진동. 사내는 조심스레 총구를 겨누고 방아쇠를 당기기 위해 숨을 골랐다.

거대한 빌딩이 촘촘히 박힌 거리에 기다란 총성이 울렸다. 크게 숨을 내뱉는다고 생각한 순간 총알이 발사되었다. 사내의 이성과 달리 몸은 그다지 고민하지 않았다. 늑대를 발견하고 총을 쏘기까지의 시간이 이제껏 자신이 살아온 인생보다 길게 느껴졌다. 발사된 한 발의 총알이 인생 전체를 관통하는 기분이었다. 등을 돌리고 있던 그림자가 몸을 들썩이며 기침을 하듯 쿨럭거렸다. 화약 냄새에 코가 아렸다. 왕년의 사격선수가 쓰러진 그림자에게 다가가 한 발 더 쏘았다. 바닥에 쓰러진 그림자가 다시 몸을 쿨럭거리며 비틀었다. 시꺼먼 피가 아스팔트 위로 흘러내렸다. 맨발에 피가 묻었다. 발이 젖어왔다. 총알이 검은 그림자의 몸을 관통했다. 사내는 그제야 자신이 바라던 것이 늑대의 죽음이 아님을 깨달았다.

쓰러져 있는 것은 털가죽옷을 뒤집어쓴 남자였다. 사내는 남자를 기억하고 있었다. 늑대처럼 털가죽옷을 입고 네발로 기어서 구릉을 내려가던 남자였다. 그 남자가 아닌지도 몰랐다. 거리에는 털가죽옷을 입은 사람이 아주 많았다. 비슷한 디자인의 털가죽 때문인지 그들은 모두 닮아 보였다.

쓰러진 남자가 힘없이 눈을 깜빡이며 사내를 응시했다. 사내가 털썩 주저앉았다. 남자의 배가 쿨렁거렸다. 그럴 때마다 터진 복부에서 피가 쏟아져나왔다. 왕년의 사격선수도 놀란 얼굴로 주저앉았다. 그는 주머니를 뒤적거려 종이팩에 든 술을 꺼냈다. 이로 팩을 물어뜯은 후 벌컥벌컥 들이마셨다. 그러고는 사내에게 내밀었다.

팩을 건네는 사격선수의 손이 흔들렸다. 사내는 묵묵히 종이팩을 받아들었다. 쓰러진 남자는 아직 숨이 붙어 있는지 조금씩 몸을 들썩였다. 숨소리가 점점 작아졌다. 남자는 사내의 총에 맞은 게 아닐 수도 있었다. 아직 몸이 따뜻하다고 해서 총상을 입은 지 얼마 되지 않았다고는 말할 수 없었다.

왕년의 사격선수가 또다른 주머니에서 이번에는 잘게 찢긴 오징어를 꺼냈다. 오징어는 딱딱하게 굳어 있었다. 사내는 공을 들여 질긴 오징어를 씹어 삼켰다. 검은 그림자가 괴로운 듯 가끔 숨을 헐떡거렸다. 그럴 때면 사내는 술을 입에 한참 동안 머금고 있었다. 높이 솟은 건물 그림자가 그들의 어깨 위로 찬 그늘을 만들어주었다. 사내는 그림자를 따라 천천히 고개를 들었다. 아무리 고개를 뒤로 젖혀도 고층건물에 가려진 밤하늘이 잘 보이지 않았다. 둥글고 기다란 콘크리트 철창에 갇힌 느낌이었다. 새들이 간수처럼 허공을 돌며 그들을 내려다보고 있었다.

피를 흘리는 남자에게 다가가 피가 묻은 털가죽을 쓸어보았다. 털은 생각보다 부드러웠다. 새들이 낮게 내려와 울었다. 누군가 죽어가고 있음을 알아챈 독수리가 다가온 것인지도 몰랐다. 새들은 밤낮을 가리지 않고 하늘을 날았다. 그들의 거대한 날개는 곳곳에 기괴한 그림자를 남겼다. 새들은 밤이면 빌딩과 빌딩 사이의 그늘진 곳에 들어가 부리를 묻고 날개를 접었다.

가까운 곳에서 또 한 발의 총성이 들려왔다. 건물 그림자가 총성에 조금 흔들렸다. 새들도 놀랐는지 울기를 멈췄다.

저쪽에 뭐가 있는 게 아닐까요?

왕년의 사격선수가 허공을 보며 물었다.

글쎄요. 아마 늑대일지도 모르죠.

사내가 떨리는 목소리로 대답했다.

그렇다면 우리도 저쪽으로 가야 하지 않을까요?

사격선수가 자리를 털고 일어났다. 사내가 그의 뒤를 따라 일어섰다. 털옷을 뒤집어쓴 남자는 잠든 듯 고요하게 누워 있었다. 그가 흘린 피가 도로 위에 이불처럼 넓게 퍼졌다. 그들은 남은 오징어를 한꺼번에 입에 넣었다. 입이 잘 다물어지지 않을 만큼 많은 양이었다. 씹을 때마다 턱을 따라 침이 흘렀다. 사내는 침이 흐르는 얼굴을 닦지도 않고 총소리가 난 곳을 향해 걸었다. 발을 디딜 때마다 아스팔트에 흐르는 피가 끈적하게 달라붙었다. 그는 바짓자락을 끌어당겨 발바닥을 닦았다. 무섭게 차가워진 밤공기가 맨발에 와 닿았다. 사내는 다리를 절뚝거리며 걸음을 재촉했다.

*

마을버스 정류장에는 교복을 입은 학생들이 길게 줄지어 서 있었다. 사내는 쓰린 속을 부여잡고 줄의 맨 끝에 섰다. 아침부터 등이 땀으로 흥건하게 젖었다. 새로 구한 직장도 보험회사였다. 이번에는 영업직이었다. 규정에 따라 여름철에도 반팔 와이셔츠를 입을 수가 없었다.

종종 도시 뒷골목을 지나칠 때마다 그날 씹은 질긴 오징어가 생각났고 발바닥에 이물감이 느껴졌다. 뒷골목에는 불쾌한 냄새를 풍기는 쓰레기봉투가 나뒹굴고 있었다. 고양이와 비둘기가 날파리처럼 쓰레기 주위를 배회하다가 사내가 다가가면 얼른 도망쳤다. 아스팔트를 적시던 피의 흔적은 찾을 수 없었다. 털가죽옷을 입은 남자가 쓰러졌던 곳이 어디인지도 떠오르지 않았다. 도시에는 그림자가 짙고 도둑고양이가 쓰레기 냄새를 쫓아 배회하는 뒷골목이 무수히 많았다.

도시에서는 아직도 종종 총소리가 들렸다. 총소리인지 축제를 위해 쏘아올리는 축포인지는 확실하지 않았다. 도시에서는 자주 축제가 벌어졌다. 축제가 열리는 곳에는 어김없이 축포와 함께 불꽃이 터졌다.

마을버스를 기다리던 그는 초조해하며 시계를 들여다보았다. 이러다 또 지각을 하게 될 것이다. 그는 불안함을 감추려고 신문지를 펼쳐들었다. 날마다 꼼꼼히 신문을 들여다보았다. 죽은 남자에 관한 소식은 한 줄도 나오지 않았다. 그런 죽음은 흔한 것인지도 몰랐다. 신문지 위로 검은 그림자가 일렁였다. 새였다. 집을 나올 때부터 검은 새 한 마리가 뒤따르고 있었다. 그가 돌아보면 새는 높이 날아올라 허공을 맴돌았다. 커다란 새는 짐짓 독수리처럼 보였다.

시체나 물어뜯는 독수리가 왜 계속 뒤따르는지 모를 일이었다.

늑대를 보았다는 제보는 계속 이어졌다. 어느 날에는 다섯 곳에서 아홉 명의 사람들이 늑대를 보았다고 했다. 동물원 인근의 아파트 단지에서였다. 늑대는 산책하는 것처럼 아파트 동 사이를 느릿느릿 걷다가 음식물 쓰레기 더미 앞에서 코를 킁킁거리며 봉투를 뒤졌다. 봉투를 헤집어 쓰레기를 파먹기도 했다. 그걸 본 사람들은 버려진 개라고 생각해 발길질로 쫓아버렸다. 몇 명의 아이가 개에게 물린 적이 있었다. 경기가 나빠지면서 버려지는 개나 고양이가 많았다. 버려진 동물은 크기와 종류가 다르기는 했지만 더럽고 볼품없어졌다는 점에서는 같았다.

사내는 한참 만에 도착한 마을버스에 짐짝처럼 끼어서 올라탔다. 지하철역까지 막히지 않는다면 지각을 면할 수도 있었다. 주말에는 시골집에 다녀와야겠다고 생각했다. 노모는 꿈자리가 사납다며 계속 그의 안부를 물었다. 거동을 못하는 노모가 전화를 걸기 위해 들이는 수고는 생각만 해도 번거로웠다. 그는 별일이 없다고만 대꾸했다. 그 말대로 별일 없이 지냈다. 집은 여전히 빨래를 하고 나면 눈물처럼 습기를 품고 곰팡이꽃을 피웠다. 아침을 굶고 출근하면서도 늘 지각을 하지 않을까 노심초사하며 시계를 들여다봤다. 일은 여전히 많았고 휴일 근무도 잦았다. 술에 취해 휘청거리며 도로를 건너도 사고는 나지 않았다.

노모 말고 그의 안부를 묻는 사람이 또 있었다. 왕년의 사격선수였다. 그는 전화를 걸어와 밤의 사냥에 동행하지 않겠느냐고 묻곤 했다. 싫다고 거절하자 사격선수가 물었다.

사냥꾼에게 사냥의 끝이 언젠 줄 알아요?

사냥꾼이 죽을 때라고 대답하려다가 귀찮아서 관뒀다.

사냥감을 잡았을 때요. 그때 끝나는 것이지.

사내는 한 번도 자신을 사냥꾼이라고 여겨본 적 없다는 말로 대답을 대신했다. 사격선수가 그 말에 피식 웃었다.

마을버스에서 내린 사내는 서둘러 지하철역 입구로 들어갔다. 어디선가 새의 울음소리가 들렸다. 사내는 잠시 허공을 쳐다보았다. 내내 뒤따르던 새는 보이지 않았다. 누군가 지하철역 입구를 가로막고 선 사내를 툭 치고 지나갔다. 사내는 길을 터주려고 비켜서다가 무엇인가 묵직한 덩어리를 밟고 말았다. 그것은 구두 밑창에 단단하고 끈적하게 달라붙었다. 걸음을 떼기 어려울 정도였다. 그는 절룩거리며 계단을 내려갔다. 계단 모서리에 밑창을 대고 비벼댔다. 아무리 비벼도 밑창에 묻은 것은 잘 떼어지지 않았다. 그는 다리 한쪽을 엉거주춤 들어올리고 구두 밑창을 들여다보았다. 구두는 안쪽 굽이 닳아 있을 뿐, 아무것도 묻어 있지 않았다. 지각을 하지 않으려면 더이상 시간을 지체할 수 없었다. 그는 절룩거리며 뛰듯이 계단 아래로 걸어내려갔다.

밤의 공사

무너진 담은 풀숲과 면한 쪽이었다. 풀숲은 짧은 가시털을 품은 돼지풀 군락과 잎이 무성한 나무로 담을 쌓은 둥근 습지를 품고 있었다. 그것들은 습지를 비밀스럽게 위장할 만큼 키가 컸고 울창했으며 드센 줄기를 가지고 있었다. 그 덕분에 집 바깥에서는 귀퉁이를 접은 종이처럼 담장 한쪽이 무너진 것이 보이지 않았다. 고분과 면한 쪽이 아니어서 통행인의 눈에도 띄지 않았다. 좁은 회랑과도 같은 골목길 끝에 위치한 집은 뒤쪽으로는 고분에, 오른쪽으로는 풀숲에 닿아 있었다. 고분은 누구의 무덤인지 알 수 없었고 연대가 불분명했다. D시가 시로 지정되기 이전부터, 지금의 국호가 사용되기 이전부터 있었다는 것은 분명했다. D시에는 고분이 너무 많았다. 문화재관리국에서도 일일이 조사하지 못할 정도였다. 대개는 어떤 송장과 부장품을 품고 있는지 함구한 채 낮은 철책에 둘러싸여 방치되었다. 어느 게 고대 왕의 것이고 왕의 처형을 모의한 반역자의 것인지 구별하기 쉽지 않았다.

습지 표면에는 순채나 검정말 따위가 가득 덮여 있었다. 그 때문에 습지는 깊이를 가늠할 수 없었다. 높은 곳에서 보면 잔디가 깔린, 잘 가꾼 정원으로 보였다. 조금 더 내려오면 이제 막 아스팔트 공사를 마친 도로처럼 보였다. 순채나 검정말의 태반은 이미 까맣게 죽어 뿌리 없이 부유하고 있었다. 바람이 불어도 표면이 일렁이지 않았다. 습지에 가득찬 것은 점액질의 물컹거리는 덩어리였다. 누구도 다가서지 못하게 한다는 점에서 콘크리트처럼 단단했다. 가끔 표면이 일렁일 때도 있었다. 아내가 집안에서 잡은 들쥐의 꼬리를 휘휘 감아 던질 때나 습지에 닿아 있는 마을 하수관으로 오폐수가 쏟아져나올 때였다. 습지는 그 모두를 잘 받아넣었다는 신호로 잠깐 쿨렁거렸다. 그러면 깊이를 알 수 없는 물웅덩이가 시커먼 속을 드러냈다. 더럽고 시커먼 찌꺼기들이 엉켜 있으며 깊이를 짐작할 수 없는데다 냄새까지 풍기는 구멍. 그는 가급적 습지 근처로 가지 않았다.

아내에게 집 옆에 습지가 있다고 들었을 때, 그는 물기를 머금은 순채 위에 청개구리 한 마리가 올라앉은 모습을 떠올렸다. 순채는 실로 습지 가득 널려 있었다. 지저분하게 뻗은 줄기만큼이나 물에 떠 있는 잎사귀도 더러웠다. 잎을 둘러싼 점액질은 누군가 뱉어놓은 가래처럼 탁했다. 청색의 개구리가 살 만한 곳이 아니었다. 그 대신 밤낮을 가리지 않고 울어대는 거대한 황소개구리와 그 개구리를 먹이로 삼는 들쥐, 들쥐를 잡아먹는 고양이, 작은 고양이를 노리는 덩치 큰 들고양이들이 끊임없이 나타났다. 더럽고 시끄러운 것들은 죄다 습지로 모이는 것 같았다.

마을에는 습지에 관한 소문이 끊임없이 떠돌았다. 그중에는 젊은 여자가 빠져 죽었다는 것도 있었다. 하도 오래된 소문이어서 진위는 알 수 없었다. 시체를 찾으려 해도 이미 백골조차 가루가 되어버렸을 만큼 시간이 흘렀다고 했다. 여자가 빠져 죽은 후 마을 장정들이 하나둘씩 없어진다는 소문도 있었다. 그들은 습지로 사라지는 게 아니라 도시로 떠나는 것이었다. 정작 마을 사람들이 그 근처로 가지 않는 것은 냄새 때문이었다. 부유하는 잎사귀와 고인 물이 썩는 냄새였다. 죽은 채 가라앉은 들쥐며 들고양이, 소문대로라면 사람의 사체가 한데 섞여 냄새를 풍기고 있었다. 게다가 동네를 관통하는 하수관의 끝이 습지로 이어져 있었다. 그리로는 분뇨와 음식물 찌꺼기, 애완동물의 사체가 끊임없이 흘러들었다. 모든 쓰레기는 습지로 모였다.

냄새는 마을 어귀까지 퍼져 있었다. 예민한 사람들과 초행인 사람들은 냄새 때문에 구역질을 할 정도였다. 땡볕에 썩어가는 시신을 연상시키는 냄새였다.

요즘 같은 날씨에 누가 집에서 송장을 치워, 염치도 없이.

아내는 처음 집 어귀에서 냄새를 맡자마자 대뜸 인상을 썼다. 아내의 부모는 태어난 아기를 보러 오던 길에 교통사고로 즉사했다. 아내는 몸도 풀지 못하고 장례를 치렀다. 부모가 죽으면서 집을 남겨주었다. 약간 기운 정육면체의 틀 안에 방 두 칸, 좁은 마루, 구식 부엌과 금이 간 담이 있는 집이었다. 금은 점점 자라 집 쪽으로 뻗어갔다. 마당의 담과 집 외벽이 붙어 있어서 이대로 가다가는 안방이 두 쪽으로 갈라질 판이었다.

냄새보다 사나운 것은 들쥐였다. 코는 곧 냄새에 무뎌졌다. 지독한 냄새 속에서 숨을 쉬고 밥을 먹고 하품을 했다. 쥐는 익숙해지지 않았다. 그들은 아무것도 두려워하지 않았다. 간혹 들고양이가 나타나면 꼬리를 감추고 도망쳤지만 잠시 후 떼로 몰려와 들고양이에게 덤볐다. 설치류에게 유별난 공격력이 있다는 것을 이곳에 살면서 알게 되었다. 들쥐와 들고양이가 친구라도 된 듯 함께 마당을 어슬렁거리기도 했다. 집쥐는 눈에 띄지 않았다. 부엌이나 마루청 밑에서 발견되는 것은 다 이빨이 날카롭고 검은 털이 긴 커다란 들쥐였다. 들고양이보다 쥐가 더 성가셨다. 고양이는 쥐라도 잡았지만 쥐는 아무짝에도 쓸모가 없어서였다. 5월 중순까지가 번식기인 들쥐는 겨울이 다가오도록 새끼를 낳느라 담장 아래서 찡찡거렸다. 들쥐는 새끼를 낳기 위해 금이 간 담장 아래 구멍을 팠다. 금은 점점 더 번졌다. 갈라진 틈을 메우거나 아예 담을 부숴버리지 않는다면 슬금슬금 기어서 집까지 뻗어올 것만 같았다. 털이 없는 분홍색 들쥐 새끼 수십 마리가 담장 아래에서 꼼지락거렸다.

아이는 그 새끼들 중의 한 마리를 가져다가 방안에서 길렀다. 아이의 살진 팔뚝보다 더 크게 자란 들쥐가 아이의 귀를 물어뜯어 비명을 지르며 울어대기 전까지도 그들 부부는 아이가 들쥐를 기르는 줄 몰랐다. 이불 아래서 들쥐가 뛰쳐나오기도 했다. 세상에 그렇게 크고 더러우면서 썩은 냄새를 풍기는 동물은 처음이었다. 아내는 들고 있던 숟가락으로 쥐를 몰았다. 아이는 들쥐를 쫓아 좁은 방안을 뛰어다녔다. 심약한 그는 기절해버렸다. 쓰러진 그의 가슴 위로 쥐가 몇 차례 오르락거렸다. 도망가려고 우왕좌왕하던 중에 일어난 일이었다. 이불을 털자 검은 쥐똥이 우르르 쏟아졌다. 들쥐의 타액이나 배설물이 호흡기로 들어갈지도 몰랐다. 그날 이후 그는 고열에 시달렸다. 열이 없을 때에도 연일 해열제를 먹었다. 그는 마당에서 옷가지와 이불을 태웠다. 검은 연기가 지붕처럼 집 위를 뒤덮었다. 마을 사람들 누구도 연기의 정체를 묻지 않았다. 연기는 그들의 집 상공에 잠시 머물다가 습지 너머로 사라졌다. 아내가 타들어가는 이불 속으로 덫에 걸려 버둥거리는 들쥐를 던져 넣었다. 몸통에 불이 붙은 들쥐가 집안을 뛰어다녀서 아내와 그는 물통을 들고 쫓아다녔다.

계절을 가리지 않고 울어대는 벌레의 울음소리는 귀가 아플 지경이었다. 모기떼는 겨울이 다가오도록 귓가에서 날개를 윙윙거렸다. 귀뚜라미와 여치, 매미 들은 이른 봄부터 울었다. 잠자리들은 봄이면 벌써 알을 낳았다. 마당의 수돗가에 잠자리가 낳은 알이 하얗게 쌓였다. 하품을 하거나 밥술을 떠 넣는 입속으로 하루살이가 날아들어온 것도 한두 번이 아니었다. 침을 뱉어보면 까만 날벌레가 섞여 있기도 했다.

모든 것은 무너져가는 담 때문이었다. 그 때문에 이 모든 것과 동거해야만 했다. 그는 담을 다시 쌓기로 마음먹었다. 단단하고 갈라지지 않는 담, 무엇도 넘나들 수 없는 담을 쌓으리라. 할 수만 있다면 풀숲도 다 불태워버리리라. 습지를 황토로 메워 평평하게 일군 땅에 상추를 심으리라. 거기서 나는 상추는 먹지 않고 죄다 버리리라.

그는 담이 무너지면서 부스러진 벽돌 가루를 한줌 쥐고는 입을 열었다.

이것 좀 봐. 벽이 이 지경인데도 공사를 하려면 관청에 신고를 해야 한다니 말이야. 이깟 담장 하나에…… 다 저 쓸모없는 고분 때문이야. 저기 뭐가 묻혔는지 알 게 뭐야.

그의 시선이 납작하게 엎드린 고분에 닿았다. 대규모로 조성된 능원 외에 서른 기가 넘는 고분이 마을 곳곳에 널려 있었다. 고분 때문에 마을은 사적 지구로 지정되었다. 사적 지구의 거주자들은 집의 신개축은 물론이고 구조와 관련된 보수도 관청의 허가를 받아야 했다. 매장문화재가 있을지 모르기 때문이다.

설사 집터에서 박물관에 전시중인 유물보다 연대가 빠른 토기가 발견되거나 최고最古의 기마 인물상 같은 게 출토된다고 해도 쉬쉬하는 게 상책이었다. 그는 동네 어귀 팻말에 적힌 문화재보호법을 기억하고 있었다. 그에 따르면 발굴된 유물은 국가가 소유했다. 발굴 비용을 부담하는 것은 건축주였다. 공연히 관청에 신고를 했다가 문화재 출토에 대한 모든 비용을 부담하게 되고, 출토된 문화재를 관청에 뺏겨버릴 수 있었다. 문화재 일부를 훼손하거나 혹여 유출했다는 의혹을 받으면 재판도 없이 D시 외곽의 교도소에 들어갈지도 몰랐다.

땅만 파면 유물이 출토되던 때가 있었다. D시가 시로 지정되기 이전의 일이었다. 하도 땅을 파대서 D시는 파종 직전의 밭고랑처럼 보일 지경이었다. 그들의 집이 있는 지구地區는 파헤쳐진 땅을 다져 만들어졌다. 땅을 팔 때마다 유물이 나왔기 때문에 예산을 감당하지 못하고 그냥 땅을 다졌다는 소문이 돌았다. 다져진 집터 밑에 누구의 사체가 묻혀 있는지 부장품이 있는지 아무도 몰랐다. 집터에 깔린 것이 왕의 부장품인지 한 세기 전의 미라인지, 아니면 전쟁 때 떼죽음을 당한 사람들의 유골인지 알 도리가 없었다.

동네는 인근의 U시, P시와 항구도시 D시를 잇는 고속도로에 인접해 있었다. 컨테이너를 실은 화물차들이 꼬리를 물고 끊임없이 고속도로를 지나갔다. 그럴 때면 땅이 갈라지는 소리를 내며 지층이 흔들렸다. 마을의 낮이 말없이 누운 고분의 시간이라면 마을의 밤은 흔들리는 고속도로의 시간이었다. 마을 사람들은 밤의 소음에 익숙했다. 소음은 마을에 수없이 솟은 고분과 마찬가지로 마을의 또다른 구성원이었다. 소음이 없다면 마을 전체가 고분인 듯 괴괴한 정적만 감돌 터였다. 소음이 생기는 일을 하기에는 밤이 적당했다.

공사는 내일 밤부터 하기로 했다. 자정 무렵 벽돌을 실은 트럭이 그의 집 앞에 닿을 예정이었다. 벽돌은 다른 도시에 사는 친척의 선물처럼 박스에 담겨 집안으로 들어올 것이다. 벽돌은 절반이나 싼 값에 구했다. 공장 관리인은 은밀한 루트를 통해 벽돌을 싸게 팔았다. 관청에 신고하면 산업규격 마크와 세금 납부필증이 찍힌 벽돌을 사다가 시간 단위로 일당을 계산하는 문화재관리국 산하 소속인부에게 공사를 맡겨야 했다. 공사를 허가받는 절차도 무척 까다로웠다. 관청에 신고만 하지 않는다면 훨씬 간단하고 저렴하게 공사를 마칠 수 있었다. 그깟 담장 하나 다시 세우자고 이 모든 번거로운 절차를 떠맡고 싶지는 않았다.

동네가 생긴 지 벌써 사십 년이 넘었다. 그때 한꺼번에 지어진 주택들은 점점 그 기능을 상실해가고 있었다. 내려앉은 지붕으로 물이 샜고, 꺼진 방구들은 불을 지펴도 데워지지 않았다. 비만 오면 콘크리트가 갈라진 마당으로 하수가 역류했다. 불법 공사를 신고하면 관청에서 포상금을 지급했다. 아이들 과잣값은 되는 액수였다. 이웃을 팔아먹어도 좋을 만큼은 아니었다. 집은 내놔도 팔리지 않았다. 간혹 중개업자가 들어왔지만 불경기를 탓하며 곧 문을 닫았다. D시의 부동산거래는 경기와 상관없었다. 돈을 벌어 낡은 집을 비워두고 다른 시로 떠나기 전에는 이곳을 벗어날 수 없었다. 주민들은 이웃이 정착지를 벗어나지 않기를, 그러기 위해서는 집을 수리하지 말기를, 돈을 벌지 못하기를 바랐다. 불법 공사를 확인하면 서둘러 관청에 신고했다. 드물게 계약이 성사된 부동산거래는 웃돈을 줘 훼방을 놓았다. 그가 목소리를 낮춰 말했다.

마을 사람들이 눈치채지 못하게 일은 되도록 밤에 해야겠어.

아내가 고개를 끄덕였다. D시에서는 그렇게 하는 게 자연스러웠다.

어두운 풀숲에서는 밤의 기운에 들뜬 벌레들이 소리를 지르고 있었다. 붉은 진흙 속에 단단하게 뿌리를 박은 돼지풀 군락이 담 안을 굽어보았다. 키가 이 미터는 족히 넘을 것 같았다. 귀화성인 그것들은 대나무처럼 가지가 굵고 단단했다. 먼 듯 가까운 듯 화물차 지나가는 소리가 길게 들렸다. 집 전체가 미세하게 흔들렸다. 아내가 화물차 불빛을 따라 시선을 돌리며 큰 소리로 물었다.

L이라는 사람, 믿을 수는 있는 거야?

L은 벽돌 공장 관리인의 은밀한 루트로 알려진 사람이었다. 그는 아내의 큰 목소리가 못마땅해 일부러 쿵쾅거리며 마당으로 걸어내려갔다. 갑작스런 발소리에 놀랐는지 마루청 아래를 들락거

리던 쥐들이 잠시 숨을 죽였다. 그는 마당 한가운데로 가서 요란하게 펌프질을 했다. 녹이 슨 펌프에서는 쇳내가 났다. 녹슨 쇠뭉치를 힘껏 아래로 밀어내리자 양은 대야 속으로 물이 쏟아졌다. 물은 얼음처럼 차가웠다. D시는 오후에는 너무 덥고 지표가 뜨거워서 바깥에 서 있기 힘들었지만 해가 지면 모든 게 얼어붙었다.

그는 U시 사람이잖아. 이 동네 사람 중에는 믿을 만한 사람이 없어.

아내가 요란한 펌프질 소리를 의식한 듯 목소리를 낮췄다.

그게 문제야. U시로 간 L을 믿을 수 있겠어? L이 이 동네를 떠나 그리로 이사를 간 게 포상금 덕분이라는 소문이 있어. 사람들이 다 그의 소행이라고 하던데.

그는 아내 쪽으로 최대한 몸을 기울여 말했다.

도리가 없잖아. L 말고 우리에게 공사 장비를 대줄 만한 사람이 있겠어?

그가 가진 것은 날이 무딘 삽과 자루가 흔들리는 낡은 곡괭이뿐이었다. 공사에 필요한 벽돌과 시멘트, 모래와 자갈뿐만 아니라 소음 발생이 적은 드릴까지 모두 빌려야 했다. 아내는 할 수 없다는 듯이 느릿느릿 부엌으로 들어갔다. 아내의 그림자가 부엌 유리문에 가득찼다. 부모가 죽은 이후로 아내는 사십오 킬로그램이나 살이 쪘다. 갑자기 찐 살이 관절과 내장을 망가뜨렸다. 팔과 다리가 시렸고 관절염과 근육통에 시달렸다. 늘어난 위장을 채우기 위해 끊임없이 먹어야 했다. 아내는 물컹한 몸의 연체동물, 그중에서도 미끈거리는 점액질의 달팽이를 연상시켰다. 쉴새없이 점액을 분비하며 근육 발을 뒤에서부터 앞으로 꿈틀거려서 미끄러지듯 나아가는 달팽이. 아내는 실로 달팽이처럼 느리게 걸어다녔고 지나간 자리마다 음식물 찌꺼기를 남겼다. 그는 부쩍 살이 더 쪄가는 아내를 쳐다보고 방으로 들어갔다.

뚫어져라 텔레비전을 보고 있던 아이가 살갗의 퍼런 멍을 들여다보는 것으로 인사를 대신했다. 멍 때문에 아이는 더욱 더러워보였다. 아이가 태어났을 때 누구를 닮았는지 헛갈렸다. 지금은 명백히 아내를 닮은 걸 알 수 있었다. 그는 한 번도 아이를 데리고 외출하지 않았다. 갓 태어난 아이를 품에 안고 병원에서 아내 부모의 주검이 있는 이 집으로 데려온 것이 아이와 함께한 유일한 외출이었다.

그는 스물세 기의 고분이 모여 있는 능원의 관리사무소에서 일했다. 문화재관리국 산하의 계약 별정직 사원이었다. 능원에 관람온 어린아이들은 뛰어다니며 고분의 잔디를 망가뜨렸다. 여기저기 숨어 있다가 갑자기 나타나 그를 놀라게 했다. 찾기 어려운 곳에 쓰레기를 남겼고 아무데나 오줌을 눴다. 그는 아이들이 싫었다.

1970년대에 능원을 조성하면서 담을 쌓았어. 기반 공사를 하는데 족히 수천 년은 된 무덤이 나왔어. 돌무지덧널무덤보다 수백 년은 앞선 것이야. 조성 예정이던 담장을 따라 땅 밑에서 열댓 개는 나왔다고 했어.

그가 식은 밥을 떠먹으며 중얼거렸다. 돌무지덧널무덤이 정확히 무엇인지, 그게 몇 세기 유물인지 몰랐다. 그가 말하는 내용은 매표소 옆 안내판에 적혀 있었다. 그는 스물세 기 중 내부가 공개된 고분에서 출토된 유물의 연대도 줄줄이 외웠다.

어쩌면 우리집 담장 밑에서 고대 왕의 부장품이 나올지도 모르지. 그래서 말인데 담을 부수고 땅을 파기 전에 제라도 올려야 하는 거 아닐까? 억울하게 죽은 왕이면 그 귀신을 어떻게 감당하겠어?

그 말이 끝나기가 무섭게 아내가 그에게 숟가락을 던졌다. 밥풀이 묻어 있는 숟가락에 왼쪽 눈이 맞았다. 아이가 낮게 키득거렸다. 아내는 죽은 부모의 혼이 기갈 든 귀신이 되어 아이에게 들러붙었다고 생각했다. 염치없는 혼령들, 어디 갈 데가 없어서 어린 것에게…… 아내는 그렇게 말하면서도 아이를 쓰다듬거나 어루만지지 않았다. 그는 문 앞에 떨어진 숟가락을 집어 왔다. 아내는 이미 그의 숟가락으로 밥을 먹고 있었다. 아내를 건드리지 않는 게 상책이었다. 아내는 조금만 비위에 거슬리면 화가 풀릴 때까지 아이를 때렸다. 더 화가 나면 그를 때렸다. 매질하는 아내는 무서웠다. 그보다 더 무서운 것은 아이였다. 아이는 참을 수 없을 때면 아내의 팔목을 물었다.

그는 고개를 숙이고 밥을 쑤셔넣었다. 머릿속에 반달 모양의 푸른 옥이 주렁주렁 달린 커다란 금관이 떠올랐다. 처음에 담장을 수리하겠다고 마음먹은 건 들쥐 때문이었다. 점차 파헤쳐진 담장 밑에서 왕의 부장품이 출토될지도 모른다는 기대를 품게 되었다. 이 집은 고대 왕의 무덤을 다진 땅에 지어졌다. 땅 밑에 무엇이 묻혀 있는지 실로 아무도 모른다. 그는 히죽 입술을 당겨 웃었다. 묵묵히 남은 밥을 입안에 쑤셔넣으며 내일 시작될 공사에 대해서만 생각했다. 배는 불렀지만 포만감은 들지 않았다.

자정 무렵에 도착하기로 한 트럭이 오지 않았다. 사실 당장 벽돌이 필요한 것은 아니었다. 벽돌뿐만 아니라 공사에 필요한 다른 것들, 이를테면 자갈이나 모래, 시멘트, 드릴 같은 것도 당장 필요하지는 않았다. 담을 쌓으려면 우선 금이 가 붕괴되고 있는 담장을 부수어야 했다.

생각해보면 해머나 드릴은 쓰지 않는 게 좋아. L이 당장 그 모두를 빌려준다고 해도 쓸 수 없을 거야.

드릴도 없이 어떻게 벽을 허물 거냐고 묻는 아내에게 그가 대답했다.

그럼 무술이라도 써서 벽을 허물겠다는 말이야?

아내는 L을 믿은 게 잘못이라며 투덜댔다.

드릴을 쓰는 건 안 돼. 그 소리를 들으면 당장 이웃이 달려올 거야. 날마다 조금씩 소리 나지 않게 벽을 부숴야 해.

관청과 마을 사람들을 피하자니 공사 규칙이 까다롭고 복잡해졌다. 비허가 벽돌을 쓸 것. 트럭믹서를 쓸 수 없으므로 적당량의 시멘트와 모래, 자갈을 비율에 맞게 섞어 손수 혼합용 콘크리트를 만들 것. 담을 부술 때도 드릴이나 해머같이 소리 나는 장비는 쓸 수가 없음. 그러므로 이 모든 공사는 고속도로 소음이 심한 인적이 끊긴 밤에 할 것.

일은 무척 쉬워. 줄에 맞춰 벽돌을 늘어놓는 일이라고 생각하면 되지.

L은 그것이 성냥을 쌓아올리는 것처럼 간단한 일이라고 했다. 그는 공사를 끝낸 후에 집을 팔아 U시로 이사간 사람이었다. L이 주택 매매계약에 성공했을 때 마을 사람들은 낮게 탄성을 질렀다. 그동안 왜 아무도 불법 공사를 눈치채지 못했는지, 왜 부동산거래를 훼방 놓지 못했는지, 왜 L이 돈을 벌도록 방치했는지에 대한 한탄이었다.

담이라는 게 얼마나 쌓기가 쉬운데. 평평한 바닥에 네모난 벽돌을 한 장 올려. 그 둘레에 반죽한 시멘트를 발라. 시멘트가 굳기 전에 벽돌 한 장을 더 올리고 다시 시멘트를 발라. 이런 식으로 하다보면 어느새 담이 되지. 하지만 D시에서는 누구나 할 수 있는 일도 금지된 게 있다는 걸 알아둬. 무너진 담을 보수하거나 마당에 펌프를 들어내고 수도관을 연결하는 일 말이야.

L이 위험을 강조하듯 목소리를 낮췄다.

장비가 오기 전까지 우선 집에 있는 삽을 이용하기로 했다. 어둠이 짙어지기를 기다려 쇠로 된 날을 벽에 내리쳤다. 담은 꽁꽁 얼어 있었다. 삽으로 쳐도 흔들리지 않았다. 그는 삽을 내려놓고 발길질을 했다. 발이 얼얼해졌다. 담장을 향해 발길질을 했지만 어두웠기 때문에 그가 걷어차는 것이 담장인지, 그의 아내인지, 들쥐인지, 담 안으로 고개를 내민 돼지풀 군락인지 분간하기 어려웠다. 그는 닥치는 대로 발을 찼다. 고속도로에서 화물차의 전조등이 비칠 때마다 벽에서 피어난 먼지가 떠다니는 것이 보였다. 먼지를 가라앉히려고 펌프에서 물을 길어 벽에 뿌렸다. 물을 먹은 담장은 부스러뜨리기가 훨씬 쉬웠다. 벽돌에 물을 먹인 후 삽으로 끝부분을 슬슬 내리쳤다. 발길질을 할 때는 미동도 않던 벽돌이 비교적 쉽게 부스러졌다. 비가 와준다면 공정이 빨리 끝나겠지만 비가 오려는 기미는 없었다. 펌프질로 벽에 뿌릴 물을 충당하자니 너무 힘이 들었다. 아침에 맹렬한 기세로 지하수를 퍼올리던 펌프는 밤이 되면 물줄기가 약해졌다. 게다가 몸에 튄 물은 얼어붙을 정도로 찼다.

다음날도 공사는 계속되었다. 그는 얼른 담장을 쌓아올리고 싶었다. 잡초나 날벌레, 들쥐가 넘보지 못하는 단단한 집을 갖고 싶었다. 어디까지가 집이고 어디까지가 습지인지 알 수 없게 만드는 잡초 군락을 모조리 불태워버리고 싶었다. 집 뒤의 고분을 파서 습지를 메워버리고 싶었다. 아예 집을 버리고 도망쳤으면 좋겠다는 생각도 들었다. L처럼 U시로 가고 싶었다. P시나 K시 같은 곳도 상관없었다.

그는 다시 묵묵히 벽에 삽질을 계속했다. 내일은 아내더러 집 뒤 고분의 잡초라도 뽑으며 운동을 하라고 말할 참이었다.

어차피 다 무덤뿐이거든. 그게 D시를 먹여 살리지. 우리를 먹여 살리기도 하고……

그는 중얼거리며 삽을 재게 놀렸다. 힘껏 달려 금이 간 담장에 몸을 부딪치기도 했다. 견딜 수 없이 몸이 저렸다. 셔츠로 가려진 몸 안에서 푸른 멍이 자라는 것 같았다. 화물차가 쿵쾅거리며 고속도로를 지나갔다. 그럴 때면 마당으로 빛이 번졌다가 이내 사그라들었다. 지반이 흔들리는 소리도 이어졌다. 빛과 소리는 가까워졌다 멀어지기를 밤새 반복했다.

다음날도, 그다음날도 벽돌은 오지 않았다. 아내는 트럭을 기다리느라 밤에도 잘 자지 못했다. 낮에도 외출하는 기미는 없었다. 그는 조급하게 생각하지 않으려고 애썼다. 아직 담을 다 허물지도 못했다. 당장 필요한 건 벽돌이 아니라 물이었다. 그는 아내더러 낮 동안 담장에 물을 좀 뿌려놓으라고 했다. 그다지 소용은 없었다. 물기는 오후의 햇살에 금세 증발해버렸다. 퇴근해 돌아와보면 아내는 부엌의 수도에서 연결한 긴 호스를 담장 쪽으로 향하게 해놓고 대문 밖을 쳐다보며 앉아 있었다. 건성으로 호스를 잡고 있어서인지 물은 담장에 뿌려지는 것보다 풀숲에 떨어지는 게 많았다. 흠뻑 물을 머금은 잡초들이 담 안으로 한껏 고개를 드밀었다. 바닥에는 호스에서 샌 물이 흥건하게 고여 있었다. 수도꼭지와 호스의 연결이 느슨했다. 주저앉은 아내의 엉덩이에도 물이 묻어 있었다. 물이 새기는 했지만 호스는 요긴하게 쓰였다. 펌프질을 하지 않아도 되니 일이 비교적 빨리 진척되었다. 왼손으로 호스를 잡아 물을 뿜고 오른손으로 금이 간 벽돌을 내리쳤다. 담은 눈에 띄게 기울어져갔다. 웃자란 잡초들이 무너져가는 벽을 공고히 막아주었다. 잡초들은 담보다 더 견고하게 집을 감싸안았다. 어느 누구도 잡초 군락을 통과해 집안으로 들어올 수 없었다.

일을 하다가 지치면 집 뒤에 있는 고분으로 올라갔다. 고분은 그의 집이 간신히 들여다보일 정도의 높이였다. 평기와 지붕에 덧댄 슬레이트 끝으로 굳게 닫힌 대문이 보였다. 집은 어둠 속에 낮게 엎드려 있었다. 무너져가는 담 한쪽에 잡초 군락이 뒤엉킨 모습이 오래 손보지 않아 퇴락한 무덤 같았다. 그러고 보면 그는 쇠락한 무덤을 지키는 파수꾼, 석물石物을 다듬는 기술공이나 다름없었다.

능원에서는 한 번도 고분에 올라간 적이 없었다. 고분에 올라가는 건 금지되어 있었다. 딸아이 또래의 아이들이 쉴새없이 고분을 오르내렸다. 그는 호루라기를 불고 몽둥이를 휘두르며 고분 위에 올라간 아이들을 쫓아야 했다. 아이들을 쫓기 위해 고분에 올라가려 하면 아이들은 아저씨도 올라오면서 왜 우리는 못 올라가게 하느냐고 따졌다. 그는 고분 밑에서 몽둥이를 휘두르며 호루라기를 불었다. 아이들은 고분 꼭대기로 올라가 천천히 아래로 미끄러져 내려왔다. 내려와서는 뿔뿔이 도망쳤다. 그는 여러 명의 아이들을 잡으려다가 결국 한 아이도 잡지 못했다.

그는 각이 접힌 모자를 쓰고 누런 제복에 관리라고 쓰인 완장을 찼다. 사납게 호루라기를 불 때도 많았다. 그래도 아무도 그를 무서워하지 않았다. 아이들은 그가 계약 별정직 사원이라는 걸 아는 모양이었다. 그는 고분을 무서워하지 않는 아이들이 무서웠다. 무엇보다 고분이 무서웠다. 속에 뭘 감추고 있는지 알 수 없었기 때문이다. 한편으로는 더없이 고마웠다. 덕분에 가족을 먹여 살릴 수 있었다.

마을 사람들 대부분은 고분으로 먹고살았다. 한식날 고분에 심을 잔디를 팔아 일 년을 먹고사는 집도 있었다. 고분의 잡초를 제거하는 공공근로사업이 무의탁 노인들의 생계가 되기도 했다. 대개의 사람들은 D시 전체에 산만하게 흩어진 고분 앞에 좌판을 벌여 솜사탕이며 냉차를 팔았다. 관광객에게 기념품으로 고분에서 출토된 부장품 모형을 파는 사람도 있었다. 고분은 실로 마을 사람들의 유일한 밥벌이였다.

일주일이나 걸린 끝에 담을 다 부술 수 있었다. 이제 바닥의 콘크리트 기단을 파내고 다시 단단하게 기단을 올린 후 L의 말대로 차곡차곡 벽돌을 쌓으면 되었다. 아내는 벽돌 가루를 자루에 담아 습지에 쏟아부었다. 습지는 천천히 시간을 들여 그것들을 빨아들였다. 벽돌 가루를 쏟아부으려고 바짝 다가가다 아내가 습지에 빠진 적도 있었다. 아내는 돼지풀 군락을 잡고 간신히 기어나와서 울음을 터뜨렸다. 목이 터져라 그를 불렀다는데 그는 듣지 못했다. 아내의 울음소리보다 벽을 향해 내리치던 쇠 삽의 울림이 더 컸다. 덜컹거리며 고속도로를 통과하는 화물차 소리가 더 컸다.

드디어 콘크리트 기단을 파낸다고 생각하니 설레기까지 했다. 기단을 파내면 속살처럼 부드러운 흙이 나올 것이다. 지하수를 머금어 몰캉몰캉하고 질척이며 손가락 사이로 부드럽게 흘러내리는 흙. 그 속에 어떤 비밀이 있을지, 흙이 무엇을 품고 있을지 상상하는 것만으로 다음 공정이 즐거웠다.

단단한 콘크리트를 파내자니 할 수 없이 곡괭이를 써야 했다. 아내는 소리가 덜 퍼지도록 콘크리트 위에 물에 젖은 낡은 담요를 깔아주었다. 일은 느리게 진행되었다. 자루가 흔들리는 곡괭이로 콘크리트를 깨는 일은 쉽지 않았다. 안방에서 전선을 연결해 마루 한가운데 매단 백열등은 조도가 높아 눈이 시렸다. 그는 눈을 감고 감각에 의지해 곡괭이를 놀렸다. 담요의 물기가 얼굴에 튀었다.

벽돌은 아직 도착하지 않았다. 곧 벽돌이 쓰일 때가 올 것이다. 공장 관리인은 요새는 허가된 것보다 무허가 벽돌의 물량이 더 달린다면서 조만간 도착할 테니 조금만 기다려달라고 했다.

담이 낮아질수록 풀숲의 잡초가 점점 집 앞으로 다가왔다. 집안으로 들어오는 들쥐나 벌레의 수도 놀랄 만큼 많아졌다. 백열등을 연결해놓은 줄에는 삼십 센티미터 간격으로 파리를 잡는 끈끈이가 달렸다. 끈끈이에 숱한 벌레들이 달라붙었다. 아내는 아침이면 매달린 끈끈이를 치우고 새것으로 달았다.

담이 남아 있을 때 구멍으로 드나들던 들쥐가 이제는 무시로 드나들었다. 아내는 곳곳에 덫을 놓았다. 덫에는 과연 쥐가 자주 걸려들었다. 그러나 쥐는 발목이나 목이 덫에 물린 채 집안 곳곳을 돌아다녔다. 덫을 끌고 마루청 밑을 활보했다. 덫을 매달고 습지 쪽으로 도망가는 놈도 있었다. 간혹 덫에 걸려 동작이 느려진 쥐를 잡기도 했다. 아내는 잡은 쥐의 꼬리를 잡아 담 밖으로 던져버렸다. 습지의 악취는 나날이 심해졌다.

드디어 콘크리트를 거의 다 파헤쳤다. 처음에 기단 공사를 할 때 거푸집을 형편없이 낮게 잡은 모양이었다. 기단이 약하니 담이 무너질 수밖에 없었다. 그는 이제 다 끝났다며 소리 높여 아내를 불렀다. 아내는 보이지 않았다. 습지로 쓰레기를 버리러 가서 돌아오지 않은 모양이었다.

곡괭이 끝에 둥근 자갈이 닿았다. 그는 마치 부장품을 찾기라도 한 것처럼 기뻐서 탄성을 내뱉었다. 밀도가 낮은 자갈을 깨는 일은 콘크리트 작업에 비할 게 아니었다. 천천히 곡괭이를 놀렸다. 벌레들이 윙윙대는 소리가 음악처럼 들렸다. 풀숲에서 풍기는 악취도 아무렇지 않았다.

그는 숨을 크게 내쉬고 자루를 쥔 손에 힘을 실어 곡괭이를 내리꽂았다. 순간 차가운 것이 뿜어져나와 얼굴을 강타했다. 처음에는 발등에서 솟아오르는 피인 줄 알았다. 곡괭이로 발등을 찍었다고 생각했다. 발은 아무렇지도 않았다. 얼굴에 닿은 것은 피처럼 따뜻하지 않았다. 백열등 아래에서 그것은 오줌 줄기처럼 누렇게 보였다. 하수였다. 힘껏 내리친 곡괭이 끝이 하수관에 닿은 모양이었다.

하수는 끊임없이 솟아올랐다. 온몸이 금세 젖었다. 그는 몸을 덜덜 떨며 일단 뚫린 구멍을 담요로 덮었다. 물줄기는 금방 담요를 적셨다. 하수가 끊임없이 솟구쳐 마당으로 스며들고 풀숲의 잡초로 흘러들었다. 키 큰 돼지풀들이 아우성치며 물을 받아 마셨다. 그는 곡괭이를 던져버렸다. 왕의 부장품이나 반역자의 해골 같은 것은 나오지 않았다. 집 밑에는 오물을 실어나르는 하수관이 매설되어 있을 뿐이었다. 그는 집 바깥으로 나왔다. 화물차의 전조등이 비추는 따뜻한 고분 위로 올라가 잠시 쉴 생각이었다. 그깟 하수가 넘쳐난다고 해서 집 전체가 무너져내리는 건 아니었다. 고분에 올라가는 동안 몸이 덜덜 떨려서 몇 번이나 미끄러졌다.

하수가 솟구치고 있음에도 어둠에 잠긴 집은 여느 날과 다름없이 평온해 보였다. 풀숲은 여전히 벽처럼 굳건히 집을 감싸고 있었다. 그는 문득 아내가 습지로 쓰레기를 버리러 갔다가 돌아오지 않은 걸 떠올렸다. 미끄러져 습지에 빠진 아내는 살려달라는 소리를 듣지 못했느냐며 그를 타박했었다. 그는 몸을 일으켜 고분을 내려와 습지로 갔다.

딱딱한 돼지풀 군락의 줄기를 헤쳤다. 가늘고 짧은 가시털에 손바닥이 찔렸다. 가지 끝에 옷이 걸렸는지 북 찢어지는 소리가 들렸다. 그는 기진맥진하여 습지 가까이 갔다. 습지에는 아무도 보이지 않았다. 누군가 머물다 간 흔적도 없었다. 막 돌아서려는데 습지 한가운데 희뿌옇고 둥그스름한 물체가 떠 있는 것이 보였다. 썩어가는 순채 덩어리들과 시커멓게 떠 있는 죽은 들쥐와는 달라 보였다. 어쩌면 습지에 빠져 죽었다는 여자의 오래된 사체일지도 몰랐다. 거대한 쓰레깃더미일 수도 있었다.

그는 바닥을 더듬어 긴 가지를 찾아냈다. 허옇게 등을 보인 물체를 향해 가지를 뻗었다. 길이가 짧아서 잘 닿지 않았다. 그는 습지 가까이 더 다가갔다. 가지 끝이 물체에 닿았다고 생각한 순간 그는 자신의 한쪽 발이 습지 안으로 미끄러져 들어가고 있음을 깨달았다. 기껏해야 무릎 정도에 닿을 거라고 생각하며 발에 힘을 주었다. 발끝이 허공에서 흔들렸다. 그는 균형을 잃고 미끄러졌다.

습지는 허리까지 닿을 정도로 깊었다. 그는 더이상 낭패를 당하지 않도록 다리에 힘을 꽉 주었다. 생각과 달리 몸은 균형을 잃고 기울어지기 시작했다. 그는 완고하고 단단하게 등을 보인 채 누워 있는 거대한 물체를 향해 팔을 뻗었다. 뭐라도 지탱하지 않으면 서 있기 힘들었다. 물체를 지지대 삼아 습지 바깥으로 나갈 생각이었다. 그의 손이 닿자 식빵처럼 부풀어오른 그것이 출렁거렸다. 그는 물체를 꽉 부여잡았다. 그의 힘에 눌려 덩어리가 몸을 뒤집었다. 아내였다. 아내는 이제서야 그를 만나 유감스럽다는 듯이 눈을 동그랗게 뜨고 있었다. 그는 아내를 여기서 만난 것이 뜻밖이기도 하고, 아내가 눈을 뜬 채 죽어 있는 것이 놀랍기도 하고, 도대체 언제 아내가 죽은 것인지 의아하기도 해서, 무엇보다 뜬 눈으로 그를 바라보고 있는 것에 놀라서 그만 소리를 질렀다.

그가 지른 소리는 습지를 둘러싼 단단한 돼지풀 군락을 넘지 못했다. 트럭이 온다면 그때 목청껏 소리 높여 습지에 사람이 빠졌다고 외치리라. 그렇게 생각하면서 아내의 몸을 꽉 부여잡았다.

그는 담이 다 부수어진 자신의 집을 쳐다보았다. 어디까지가 집이고 어디부터가 습지인지 알 수 없었다. 하수는 아직도 넘치고 있을까. 애당초 땅 밑으로 하수가 흐르는데다 인접한 습지 때문에 기단은 단단하지 못했다. 아무리 단단한 기단을 세운다고 해도 땅 밑으로 끊임없이 스미는 물 때문에 언젠가 벽에 금이 갈 것이고, 담장이 휘어질 것이고, 삽자루를 세워 벽을 부숴야 하는 날이 올 것이다. 철통같은 담벼락을 쌓을 수는 없는 노릇이다.

그는 조금씩 깊이 습지로 빨려 들어갔다. 언젠가 한번은 꼭 깊이를 재어보리라 생각하고 있었지만 자신의 몸으로 재보게 될 줄은 몰랐다. 그는 아내를 꽉 붙잡으려다 미끄러졌다. 그 바람에 균형을 잃고 더 깊이 빠져들었다. 그는 고개를 들어 지붕까지 닿을 듯 자라난 잡초 군락을 보았다. 풀숲은 나날이 우거지고 습지는 그 자리에서 계속 썩어갈 것이다. 그와 아내의 너덜너덜해진 살가죽을 먹은 개구리들은 더 크고 시끄럽게 울 것이다. 그 개구리를 잡아먹은 들쥐는 사납게 사람을 향해 달려들 것이다. 그는 습지에 잠긴 채로 점점 집 쪽으로 다가갔다.

퍼레이드

난동을 부린 것은 여섯 마리의 코끼리였다. 라오스 태생의 그들은 송도유원지에서 이송되었다. 유원지에는 지상에서 육십 미터 높이까지 올라가는 대관람차가 있었다. 대관람차는 개장시간 내내 쉬지 않고 돌았다. 시간을 잘 맞추면 해 질 무렵 서해의 낙조가 붉게 번지는 걸 볼 수 있었다.

코끼리들은 하루 두 번 유원지 한복판의 공연장에서 쇼를 했다. 여섯 마리가 일제히 코를 말아 인사하는 것을 시작으로 가장 나이 어린 녀석이 축구공을 튀기며 놀았다. 한 마리는 코로 태극기를 펼쳐 관객의 환호를 받았다. 공연은 코끼리가 음악에 맞춰 육중한 몸을 흔들어대는 댄스파티로 끝났다. 주말에는 가족단위 관람객이나 연인들로 제법 붐볐지만 평일에는 관객이 거의 없었다. 채

열 명도 안 되는 관람객 앞에서 공연을 한 적도 있었다. 코끼리들은 홍보를 위해 공연 전에 유원지를 한 바퀴 돌아야 했다.

그날따라 유난히 일찍 해가 졌다. 낙조가 시작된 바다의 붉은 물결이 퍼레이드를 하는 코끼리를 물들였다. 불현듯 뒤에 오던 두 마리가 멈춰 섰다. 네 마리는 여전히 낙조를 등지고 걸어가고 있었다. 멈춰 선 코끼리가 커다란 귀를 부채처럼 펄럭거렸다. 그들은 늘 다니던 길 밖으로 육중한 걸음을 내디뎠다. 라오스 출신 조련사가 기미를 알아채고 다가오자 코끼리들이 달리기 시작했다. 조련사들이 간신히 코끼리를 따라잡았다. 평일이라 사람이 적은 탓에 인명사고는 일어나지 않았다. 유원지측은 당장 퍼레이드와 코끼리 공연을 중지했다. 여섯 마리의 코끼리는 헐값에 U공원으로 넘겨졌다.

U공원은 송도에서 이송된 코끼리가 도착하자마자 퍼레이드에 포함시켰다. 잘만 하면 코끼리는 새로운 마스코트가 될지도 몰랐다. 새삼스레 마스코트가 필요해진 것은 인근 지역에 개장한 대형 테마파크 때문이었다. 거기는 초원을 조성해놓고 사자와 호랑이, 곰과 얼룩말 따위를 곳곳에 방목해두었다. 관람객은 차를 타고 지나가며 잘 가꾸어진 야생 속에서 동물들이 어슬렁거리는 광경을 구경했다. 방목된 사자와 호랑이는 함께 어울려 놀다가 차가 지나가면 보이지 않을 때까지 고개를 돌려 쳐다보곤 했다. 곰은 어슬렁거리며 뒷발로 서서 걸어다니거나 운전사가 던져주는 건빵을

받아먹고 앞발로 손뼉을 쳤다. 동물원의 크기에 있어서 가히 세계적인 규모를 자랑하는 곳이었다. 국내 최장 길이와 아찔한 경사도의 롤러코스터도 도입되었다. 태양처럼 붉은 롤러코스터는 위용을 뽐내며 테마파크 한가운데 세워졌다. 출발하자마자 최고 지점에 이르러 수직 하강, 연이어 삼백육십 도 이 회 공중회전, 마지막으로 느낌표를 찍듯 다시 한번 수직 하강을 하는 롤러코스터의 속도는 아찔했다.

U공원의 쇠락은 그 테마파크 탓이었다. U공원은 시급히 화장실의 조명을 조도가 높은 것으로 교체했다. 위생 상태가 거론된 식당의 테이블과 의자, 타일을 새것으로 갈았다. 그래도 마찬가지였다. 화장실은 여전히 침침했고 날벌레가 꼬였다. 식당 테이블에는 음식 찌꺼기가 달라붙어 떨어지지 않았다. 인근 지역 유치원의 단체 관람객이 아니면 평일에는 텅 빈 거나 다름없었다. 탈 사람이 없어 운행하지 못하는 놀이기구가 생겨나기 시작했다. 이용객이 뜸해진 바이킹은 유난히 삐걱거리는 소리를 내며 흔들렸다. 롤러코스터에서는 열없는 비명소리가 떨어졌다. 국내 최장 길이에 비교하면 아이들 장난감 수준밖에 안 됐다.

여섯 마리의 코끼리는 머리에 알록달록한 고깔을 쓰고, 등허리에 반짝거리는 색색의 망토를 걸쳤다. 관람객에게 인기가 있다고 해서 사자나 백두산 호랑이를 퍼레이드에 동원할 수는 없었다. 잔재주가 많은 원숭이나 물감을 칠한 것처럼 몸이 붉은 홍학떼도 마찬가지였다. 코끼리는 다른 어떤 동물보다 퍼레이드에 적합했다. 느리게 걷고 관람객을 압도할 만큼 커다랗다는 점이 그랬다.

라오스 조련사들이 코끼리 곁에 섰다. 그들은 퍼레이드를 이끄는 브라스밴드와 마찬가지로 금색 술이 달린 흰 제복을 입었다. 코끼리 뒤로는 탱크처럼 커다란 퍼레이드 카가 따라왔다. 뒤쪽으로 동화 속 캐릭터 복장을 한 단원들이 길게 늘어섰다.

K와 E, P, S는 코끼리 앞쪽에 섰다. 이렇게 가까이에서 코끼리를 본 것은 처음이었다. 조련사 중 하나가 멀찌감치 서 있는 네 사람에게 코끼리를 만져보라고 손짓했다. 넷은 조련사를 향해 노 땡큐, 라며 일제히 고개를 저었다.

"이놈들은 공사장의 흙더미만큼 많은 똥을 싸. 그래놓고 똥구멍도 안 닦지. 니들 코끼리가 똥구멍 닦는 거 봤어? 다리에 똥을 질질 흘려대고, 그 똥더미에 주저앉기도 하는 놈들이야. 다리에 묻은 저게 다 똥딱지라고."

K는 더럽다는 듯 손가락으로 코를 막았다. 조련사는 어깨를 으쓱했을 뿐 별다른 말을 하지 않았다. 실은 더러운 살갗이나 냄새는 아무렇지도 않았다. K는 코끼리의 거대한 크기와 단단한 거죽에 압도당했다. 퍼레이드를 하다가 조금이라도 꾸물거리면 코끼리들에게 밟힐지도 몰랐다. K는 코끼리로부터 조금 떨어진 곳에 섰다. 다른 세 사람도 K를 따라 코끼리와 거리를 벌렸다.

넷은 다른 때와 마찬가지로 브레멘 음악대 차림을 했다. K는 당나귀, E는 고양이, P는 개, 그리고 S는 수탉의 탈을 썼다. 네 사람은 서로를 당나귀나 고양이, 개, 수탉이라고 불렀다. 당나귀 탈을 쓴 K는 정말 당나귀처럼 보였다. 그는 가끔 광대뼈가 두드러지게 히잉 하는 콧소리를 내며 웃었다. 고양이 털 알레르기가 있는 E는 인형 탈을 쓰고부터 알레르기가 더 심해졌다. P는 술에 취하면 개 짖는 소리를 냈다. S는 탈을 쓰지 않아도 볏처럼 얼굴이 붉었다.

브레멘 음악대는 아이들에게 인기 있는 캐릭터가 아니었다. 아이들 태반은 그게 뭔지도 몰랐다. 당나귀 K가 지나가면 아이들은 "동키다!" 하고 소리를 질렀다. 얼마 전 상영된 만화영화에 나오는 캐릭터였다. 수탉은 아이들의 비웃음을 샀다. 머리에 달린 붉은 볏 때문이었다. 볏은 헝겊처럼 축 늘어져서 얼굴까지 내려왔다.

네 사람은 이번 계절 내내 동물 분장을 했지만, 브레멘 음악대는 곧 없어질 예정이었다. 새로운 캐릭터가 도착하면 그에 맞춰 분장해야 했다. 그게 뭔지는 알 수 없었다. 뭐든 유치원 아이들에게 인기 있는 캐릭터여야 한다는 게 단장의 생각이었다.

퍼레이드가 시작되자 귀가 찢어질 정도로 시끄러운 음악소리가 들려왔다. 음악은 퍼레이드 카에 장착된 카세트테이프에서 흘러나왔다. 당나귀는 나팔, 고양이는 큰북, 개는 바이올린, 수탉은 트럼펫을 들었다. 장난감 악기답게 제대로 된 소리는 나지 않았다. 그래도 K는 탈 안에서 양볼에 바람을 넣어가며 나팔을 불었다. 나팔은 K의 볼이 부풀거나 말거나 아무 소리도 나지 않았다. S는 손가락으로 밸브를 눌러가며 트럼펫 부는 시늉을 했다. 그저 요란하게 손가락을 움직이기만 하면 됐다. P의 바이올린에서는 팽팽한 플라스틱 줄을 튕기는 마찰음이 났다. 주의해야 할 사람은 E였다. 북은 자칫 세게 두드리면 둔탁한 소리를 내며 울렸다. E는 두드리는 척만 했다. 사실 북을 마구 두드린대도 상관없었다. 퍼레이드카에서 틀어대는 음악소리가 워낙 커서 북소리는 관람객에게 들리지도 않았다.

넷은 화가 난 채로 인형 분장을 했다. 단장에게 혼이 나서였다. 단장은 특히 K를 못마땅하게 여겼다. K가 잘 웃지 않는데다 지각도 자주 해서였다.

"똥구멍처럼 인상이나 쓰고 있는 주제에 만날 지각이냐?"

뛰어왔는지 숨을 헉헉거리는 K에게 단장이 말했다. K는 숨을 고르느라 단장의 말을 듣지 못했다.

"죄송합니다. 오는 길에 사고가 나서……"

단장은 한참 동안 K를 노려보다가 목소리를 낮춰 말했다.

"똥구멍처럼 인상이나 쓰지 마라."

"네? 무슨……?"

"똥, 구, 멍. 니 얼굴은 똥구멍처럼 주름이 많다고."

K의 얼굴이 붉게 달아올랐다. 거울을 향해 일렬로 서서 웃는 연습을 하고 있던 단원들이 모두 동작을 멈췄다. 그들은 웃는 얼굴

로 숨죽이며 K를 지켜보았다. K가 가만히 성질을 죽이고 참아주기를 바랐다. 한편으로는 참지 않고 단장에게 대들었으면 하는 마음도 있었다. 둘 다 진심이었다.

K가 보란듯이 얼굴을 찌푸렸다. 일그러진 K의 얼굴 가득 주름이 잡혔다.

"이게 똥구멍 같다는 말씀이죠?"

단원들 사이에서 피식하는 웃음이 새어나왔다. E는 참지 못하고 크게 웃었다. 단장은 모두들 자기를 놀리고 있다고 생각했다. 그는 K보다 E에게 먼저 화를 냈다. E는 단장에게 걸리고 나서도 계속 웃었다. K는 웃지 않았기 때문에, E는 웃었기 때문에 단장에게 혼이 났다. 경우에 따라 잘 웃거나 웃지 않는 다른 단원들은 연습을 게을리했다는 이유로 욕을 먹었다. 단장이 나가자 후배 하나가 K를 노려보며 혀를 찼다.

"쯧쯧, 저런 것도 선배라고."

그 말에 S가 후배에게 달려들었다. 뒤엉킨 그들을 떼어놓기 위해 몇 명인가 달려왔다. 소리를 질러 싸움을 말리고 서로를 노려보며 고함을 지르는 등 소동이 일었다.

넷은 퍼레이드를 하기 전까지 실로 온갖 일을 다 해봤다. 공사장의 막노동꾼에서부터 이삿짐센터 현장 직원, 정수기 판매원, 보험회사의 텔레마케터, 다단계회사까지. 카페 아르바이트는 힘든 일 축에도 끼지 못했다. 물론 한 사람이 그 일을 다 한 건 아니었다. 공사장 막일은 K가 했고, 이삿짐센터에서 일을 한 것은 P였다. 텔레마케터를 거쳐 다단계회사의 최하위 조직원에서 이 단계 승진을 한, 그러기 위해서 가족과 친구를 다 끌어들인 사람은 E였다. S는 카페 아르바이트를 했다. 그 역시 카페 주인의 담배 심부름까지 했지만 다른 단원에 비하면 하찮았다. 네 사람은 서로 자기가 더 힘들게 살았다며 자랑하듯 아르바이트 얘기를 늘어놓았다. 누군가 돈을 버느라 고생한 얘기를 꺼내면 다른 누군가가 피식 웃으며 "장난하냐?"라고 빈정댔다. 그들은 서로 누가 더 힘들게 일을 해왔으며, 누가 얼마나 잘 버텨냈는지를 얘기하며 휴식시간을 보냈다.

단원들은 하루 두 차례 퍼레이드를 하고, 나머지 시간에는 공원 내의 잡다한 일을 도맡아 했다. 그들은 박봉을 견뎌야 했다. 단장의 강압적인 지시와 까다로운 규율도 견뎌야 했다. 무엇보다 거울 속에서 마주치는 자신의 웃는 얼굴을 견뎌야 했다.

단장이 제일 강조하는 것은 웃음이었다. 테마 없는 퍼레이드 구성이라든가 특성을 살리지 못한 조잡한 탈, 시간 운용을 잘 못하는 것이나 단원들의 비효율적인 도열에는 신경도 쓰지 않았다. 단장은 퍼레이드의 성패가 단원들의 웃는 얼굴과 과장된 동작에 달렸다고 생각했다. 하루종일 웃는 연습을 시킬 때도 있었다. 단원들은 처음에 단장의 지시로 마지못해 웃었다. 인형 탈을 쓰거나 쓰지 않거나 웃어야 했다. 단장은, 자신이 웃지 않으면 인형도 웃을 수 없다고 말하곤 했다. 그 말을 놀리기라도 하듯 인형 탈은 언제나 활짝 웃는 얼굴이었다. 그들은 탈을 쓰고 양팔을 들어 좌우로 손을 계속 흔들었다. 아이들을 만나면 무릎을 살짝 구부리고 인사말을 연달아 두 번씩 했다. 더 어린 아이들을 만나면 들고 있던 풍선을 나눠주거나 꼭 안아주었다.

너무 웃다보니 나중에는 웃지 않으면 화가 난 것처럼 보여서 웃을 수밖에 없었다. 마음이 언짢을 때면 웃고 있는 자신에게 조롱을 당하는 기분이 들었다. 단원들은 처음 만난 사람에게 쉽게 호감을 얻었다. 하지만 얼마 지나지 않아 상냥한 척 웃지 말라고 빈정대는 말을 들었다.

그날 퍼레이드를 하는 브레멘 음악대의 동작은 하나도 맞지 않았다. 당나귀 K는 인형 탈 안에서 계속 인상을 쓰고 있었다. 그는 화가 난 나머지 퍼레이드 카에서 나팔소리가 울려퍼지는 것과 상관없이 나팔을 눈에 가져다댔다. E는 힘껏 큰북을 내리쳤다. 소리는 메인 음악과 하나도 맞지 않았다. E는 화가 나 죽겠는데도 자신이 어느새 웃고 있다는 것을 깨달았다. 눈이 반달처럼 둥그레지고 입꼬리가 치켜 올라갔다. E는 자신이 웃고 있다고 느낄 때마다 힘껏 큰북을 내리쳤다. P는 바이올린을 기타처럼 낮춰 들고 활 대신 손가락으로 줄을 뜯었다. S는 트럼펫 든 손을 축 늘어뜨리고 묵묵히 걸었다. 브레멘 음악대원 누구도 활짝 벌린 팔을 빙빙 돌려가며 신나게 걸어가지 않았다. 손을 흔들어 아이들의 인사에 답례

하지도 않았다. 그들은 뒤따르는 코끼리를 피해 도망가려는 듯 서둘러 걷기만 했다. 여섯 마리의 코끼리는 거대한 목각인형처럼 조용히 브레멘 음악대를 따랐다.

세번째 곡으로 넘어갈 무렵 지축이 흔들렸다. P는 허리께 들고 있던 바이올린을 아예 어깨에 멨다. S는 탈을 조금씩 밀어올렸다. 유난히 더운 날이었다. 목으로라도 바람이 통하지 않으면 못 견딜 것 같았다. 땅이 슬금슬금 흔들리는 느낌이 났다. 닥치는 대로 북채를 휘두르던 E는 혹시 지진이 아닐까 생각했다. 지구의 깊은 안쪽이 미세하게 뒤틀리는 느낌이었다. 그러다가 자신이 현기증을 느끼는 모양이라고 생각을 바꿨다. 손이 떨리는 바람에 S는 트럼펫을 떨어뜨렸다. 트럼펫을 주우려고 허리를 구부린 순간, S는 거대하면서도 내밀한 어떤 움직임이 자신을 관통하고 있음을 깨달았다. 구부린 허리를 펴는 동안에도 땅의 흔들림은 계속되었다.

지진이라고 생각했지만 실은 코끼리들이 달리면서 생겨난 진동이었다. 코끼리가 쿵쿵거리며 뛰자 놀란 구경꾼들이 뿔뿔이 흩어졌다. 아이들은 부모의 손을 잡고 뛰었다. 인파에 밀려 넘어진 아이는 무릎이 땅에 쓸리면서 질질 끌려갔다. 아기들이 일제히 울음을 터뜨렸다. 놀라서 입을 벌린 사람들은 방금 달려간 것이 코끼리인지 코끼리 차인지 코끼리 인형인지 분간하지 못했다.

흥분하여 달려가는 여섯 마리의 코끼리를 누구도 잡지 못했다.

나중에 밝혀진 바에 의하면 그들은 무려 시속 사십 킬로미터의 속도로 쉬지 않고 뛰었다. 코끼리들을 따라 조련사들도 힘껏 달렸다. 여섯 마리의 코끼리는 약속이라도 한 듯 일제히 공원 정문을 향해 달렸다. 그들은 정문 앞 팔 차선 도로를 횡단했다. 도로를 건너는 동안 코끼리가 차에 받히거나 사람이 코끼리에 깔리는 사고는 일어나지 않았다.

정문을 나온 여섯 마리의 코끼리는 공원 인근 산으로 달려갔다. 처음부터 작정하고 있었던 듯 그곳에 이르기까지 거침이 없었다. 산은 종종 멧돼지가 출몰한다는 소문이 있었지만 산이라기보다는 야트막한 구릉에 가까웠다. 덩치 큰 코끼리들이 숨기에 적당하지 않았다. 거기로 들어간 이상 잡히는 것은 시간문제였다.

코끼리의 갑작스러운 일탈에 대해서는 의견이 분분했다. 특별할 것은 없는 날이었다. 송도에서처럼 낙조로 물든 바다가 앞서가는 코끼리를 붉게 물들인 것도 아니었다. 여느 때와 다름없이 코끼리에게 과자를 던져주는 관람객이 있었고 그러다가 퍼레이드 단원에게 과자를 맞히는 관람객도 있었다. 바닥에 떨어진 과자를 차지하려고 비둘기가 떼 지어 날아든 것도 그대로였다. 브라스밴드의 신통치 않은 연주와 그들이 입고 있는 금색 술이 달린 제복, 퍼레이드 단원들의 절도 없는 걸음걸이, 탈 안에서 줄줄 흐르는 땀과 풍겨나오는 여릿한 쉰내, 관람객의 무관심한 표정과 퍼레이드를 구경하던 아이들이 놓친 풍선 몇 개가 바람을 타고 상공을 유영하는 모습까지 모두 다른 날과 같았다.

조련사는 마취총을 준비했다. 흥분한 코끼리들이 난동을 부릴지도 몰랐다. 시민의 안전을 위해 대규모의 경찰병력이 동원되었다. 경찰은 산을 둥글게 에워쌌다. 산은 산책 삼아 천천히 걸으면 한 시간 만에 정상에 닿을 만큼 낮고 완만했다. 수색대는 산 곳곳으로 흩어져 코끼리의 흔적을 찾았다. 여섯 마리의 코끼리가 지나간 자리에는 거대한 발자국 모양으로 풀이 눌려 있었다. 수색대는 코끼리 발자국을 쫓았다. 곧 허사라는 것이 밝혀졌다. 여러 마리의 발자국이 어지럽게 뭉쳐 있다가 어느 지점에 이르자 갑자기 허공으로 솟은 듯 뚝 끊겨버리곤 했다. 그러다가 다시 간간이 발자국이 이어졌다.

코끼리는 나타나지 않았다. 다른 곳으로 달아난 게 아니냐는 의견이 나왔으나 묵살되었다. 코끼리는 산으로 들어간 것이 틀림없었다. 목격자는 곳곳에서 나타났다. 그들은 하나같이 코끼리가 산으로 뛰어갔다고 흥분한 말투로 증언했다. 소방대원이 촬영한 비디오테이프에도 코끼리가 떼 지어 그리로 올라가는 모습이 담겨 있었다. 색깔이 요란한 망토 때문에 그들은 화질이 나쁜 화면에서도 금방 눈에 띄었다. 망토가 없었더라도 마찬가지였을 것이다. 대낮에 여섯 마리의 코끼리가 도심을 활보하는 것은 흔한 일이 아니었다. 며칠 동안의 수색이 허탕으로 끝나자 병력이 추가로 투입되었다. 그럼에도 불구하고 여섯 마리의 코끼리는 나타나지 않았다. 그들은 행방이 묘연해졌다.

관람객이 모두 떠난 공원에는 괴괴한 정적이 흘렀다. 코끼리 우리는 텅 비어 있었다. 누가 먼저랄 것도 없이 네 사람은 연습실 청소를 마치고 돌아가다가 코끼리 우리까지 왔다. 조련사들은 이미 퇴근했는지 보이지 않았다. 넷은 코끼리 우리를 막아놓은 철창에 매달렸다. 고약한 냄새가 훅 끼쳐왔다.

코끼리가 사라진 이유에 대해 동물심리학자들은 다양한 의견을 내놓았다. 그중에는 바닥의 과자 부스러기를 쪼아먹던 비둘기가 코끼리 발을 쪼아서 날카로운 부리에 놀란 코끼리 한 마리가 뛰기 시작했고, 코끼리는 워낙 군집성이 강한 동물인지라 그 한 마리를 쫓아 나머지도 같이 뛰었으리라는 의견도 있었다. 언론에서는 코끼리들이 가혹한 훈련에 시달렸다고 보도했다. 송도에서 이송되자마자 퍼레이드에 투입된 걸 증거로 들었다. 철창에 갇힌 동물들의 강박적 자해 현상이 연이어 보도되었다. 어떤 침팬지는 자기 구토물을 먹고 다시 토했다. 거대한 몸을 앞뒤 좌우로 계속 흔들어대는 코끼리도 있었다. 고개를 돌려 제 몸의 털을 뽑는 타조와 철창을 씹는 기린의 모습도 나왔다. 사라진 코끼리뿐 아니라 갇힌 동물들에 대한 동정여론이 들끓었다. 동물보호에 대한 여러 의견이 나왔지만 신중히 검토되지는 않았다. 모두들 코끼리만 찾으면 이 소동이 일단락되리라고 생각했다.

사라진 코끼리는 어디에서도 찾을 수 없었다. 수색대는 여전히 조를 나눠 산을 샅샅이 뒤졌다. 수색 도중 한 대원이 "찾았다!" 하고 낮게 소리를 지른 일이 있었다. 대원들이 여기저기서 순식간에 모여들었다. 나무 뒤에 덩치 큰 회색 짐승이 어른거리고 있었다. 대원들은 숨을 고르고 일제히 짐승을 향해 마취총을 쏘았다. 그 짐승은 열두 발의 총을 맞고 나서야 쿵 소리를 내며 쓰러졌다. 움직임이 둔해진 걸 확인한 대원이 가까이 다가가 올이 촘촘한 그물을 던졌다. 그물 아래 멧돼지가 꿈틀거리고 있었다. 같은 자리를 계속 헤매다보니 자신들이 찾는 게 코끼리인지 멧돼지인지 헛갈렸다. 멧돼지가 코끼리로 보였을 수도 있었다. 수색대는 코끼리가 나타날까봐 두려워했다. 눈앞에 코끼리가 나타나도 자신이 보고 있는 것이 코끼리인지 멧돼지인지 분간할 수 없을 것 같았다. 그러다가 결국 서로를 코끼리로 오해하고 마취총을 쏘게 될까봐 겁이 났다.

코끼리 덕에 공원에는 반짝 인파가 몰렸다. U공원측에서는 코끼리로 인해 발생하는 모든 사고를 책임질 것이며 인명피해가 없도록 하루빨리 실종된 코끼리를 찾겠다고 했다. 자성의 의미로 코끼리뿐만 아니라 동물을 앞세운 퍼레이드는 중단할 것이고 추후 다시는 이런 유의 사고가 발생하지 않도록 안전에 만전을 기하겠다는 내용을 두서없이 발표했다.

단원들은 여기저기로 흩어졌다. K는 당분간 유령의 집에서 일하기로 했다. 그는 잘 웃지 못하는 자신에게 딱 맞는 일이라며 좋아했다. 드라큘라 K는 관에 숨어 있다가 불쑥 뚜껑을 열어 사람들을 놀래야 했다. 관 바깥으로 나올 때 K는 종종 당나귀처럼 히잉 하고 울었다. 꼬마들은 드라큘라 분장을 한 K를 무서워했다. K가 다른 드라큘라와 달리 활짝 웃으며 이상한 소리를 내서였다.

E와 P는 놀이공원 청소를 맡았다. 그들은 비질을 하다가 막대사탕 봉지를 아무데나 버리는 꼬마들을 만나면 "안녕 안녕!" 하고 손을 흔들며 같은 말로 두 번씩 인사했다. 쉬는 시간이면 빗자루를 다리 사이에 끼고 마녀 흉내를 내어 아이들을 웃겼다.

S는 롤러코스터에서 검표 일을 하게 되었다. 그는 누구에게나 상냥했고 특히 아이들을 볼 때면 양손을 좌우로 흔들며 무릎을 살짝 구부렸다. 그럴 때면 자신이 검표원의 탈을 쓰고 퍼레이드를 하는 중이라고 생각했다. S에게 세상은 언제나 퍼레이드중이었다.

"코끼리 말이야, 도대체 어디로 간 걸까?"

불쑥 P가 물었다.

"글쎄, 그 산에 멧돼지가 있다던데 잡아먹히지 않았을까? 아직까지 발견되지 않는 걸 보면……"

S가 침울하게 대답했다.

"멧돼지가 코끼리를 잡아먹기도 하고 그러냐?"

E가 잔뜩 인상을 쓰며 물었다. 웃지 않기 위해서는 인상을 써서 얼굴 가득 주름을 만드는 수밖에 없었다. 그러지 않으면 얼굴에

슬며시 웃음이 떠올랐다. 웃지 않으려고 덩달아 얼굴에 주름을 만들며 P가 대꾸했다.

"그러면 뼈라도 남을 거 아냐? 멧돼지라고 뼈까지 다 먹진 않겠지."

그 말에 대답이라도 하듯 네 사람이 매달린 철창이 삐걱거리며 열렸다. 철창에는 고리가 걸려 있지 않았다. 네 사람은 철창에서 내려와 코끼리 우리 안으로 들어갔다. 바닥에는 치우지 않은 오물이 장판지처럼 말라붙어 있었다.

"이런 데 있으면 달려나가지 않고는 못 배기겠다."

P가 말했다. 그 말을 들은 K는 머뭇거리다가 금방 오겠다며 어디론가 달려갔다. 셋은 멍하니 K가 달려나간 곳을 쳐다보다가 우리 안에 털썩 주저앉았다. 코끼리 똥을 깔고 앉은 것 같았는데, 더럽다기보다는 따뜻한 방석 위에 앉은 느낌이었다.

K는 한참 있다가 숨을 헉헉거리며 돌아왔다. 나팔과 큰북, 트럼펫과 바이올린을 들고 있었다. 그는 바지에 대고 나팔을 문질렀다. 그러고는 취구를 입술에 갖다대고 불기 시작했다. 볼이 부풀 때마다 쉭쉭거리는 바람소리가 났다. 달빛을 받은 플라스틱 나팔이 반짝 빛나는 것도 같았다. E는 힘껏 큰북을 울렸다. 둔탁한 울림이 텅 빈 허공으로 퍼졌다. S는 입술의 양끝을 죄었다. 트럼펫에서는 빽빽거리며 갈라지는 소리가 났다. P는 바이올린의 현을 손가락으로 뜯었다.

네 사람은 우리 바깥으로 나와 관리실 뒤편 소각장으로 갔다. 소각장의 시커먼 입구를 향해 들고 있던 악기를 던져 넣었다. 마지막으로 던진 바이올린이 쓰레깃더미에 떨어지는 소리를 듣고 돌아서려는데, 어디에선가 굵고 길게 우는 짐승의 소리가 들렸다. K와 S가 짐승을 따라 울었다. E와 P도 그 소리를 흉내냈다. 갑자기 E가 달리기 시작했다. 셋은 E를 따라 달렸다. 손전등을 든 관리인이 호루라기를 불며 쫓아오고 있었다. 그들은 한참 달리다가 일제히 멈춰 서서 관리인을 향해 손으로 나팔을 불었다. 빰빠라빰빠빠밤. 그러고는 여섯 마리의 코끼리들처럼 멈추지 않고 직원용 출입구를 향해 달렸다. 관리인의 호루라기 소리가 점차 멀어졌다.

정작 U공원을 빠져나오자 어디로 가야 할지 막막해졌다. 길 건너편에 코끼리들이 뛰어올라갔다는 산이 보였다. 산은 어둠 속에서 짐승처럼 낮게 웅크리고 있었다. 넷은 가쁜 숨을 가누며 잠깐 서 있었다. 그러고는 지하철역 입구로 천천히 걸어들어갔다. 세상의 한복판으로 그들을 실어날라줄 거대한 지하철이 막 들어오고 있었다.

사라진 코끼리는 벙커 안에서 발견되었다. 낡은 녹색 철문으로 가려진 벙커는 도심 한복판에 있었다. 한 증권회사의 본점에서 찻길 하나를 두고 마주한 화단 부근이었다. 철문을 위장하려고 잡초로 가리거나 포대로 덮는 노력은 없었다. 언제부터인지는 알 수 없지만 그 문은 언제나 거기에 있었다. 사람들이 철문을 수상하게 여기지 않은 이유는 그 때문이었다. 매일 그곳을 지나 출근하는 어느 사무원은 거기에 철문이 있는지도 모르고 있었다. 기껏해야 몇 사람이 그 문을 바라보며 웬 문인지 의아해했지만 그들도 그저 잘못 개설된 지하보도이거나 창고 부지라고 생각했다. 그것은 별 특징 없는 철문으로, 여느 문과 다름없이 페인트가 벗어지고 녹이 번져가고 있었다.

버스환승센터 공사를 위해 건설안전본부 직원들이 근방의 지적도를 보면서 처음으로 녹색 철문에 대해 생각했다. 직원 중 하나가 철문을 텅텅 두드려보았다. 철문은 가벼운 소리로 울렸다. 손에 녹 찌꺼기가 조금 묻어났다. 그것으로는 철문 뒤의 세계에 대해 아무것도 알 수 없었다. 무슨 문인지, 문을 열면 뭐가 나올지 몰랐다. 철문은 가운데 달린 주먹만한 쇠 자물통처럼 무겁게 입을 닫고 있었다.

직원들은 우선 지하 시설물 대장을 꼼꼼히 살펴보았다. 과거 이곳에 지하보도가 있었는지 확인하기 위해서였다. 지하보도는 없었다. 직원들은 절단기를 가져다가 녹슨 쇠 자물통을 부수려고 했다. 하지만 그러지 않았다. 거기에 있을 정체 모를 것이 두려웠다. 그들은 틈을 벌려 철문 안으로 내시경을 밀어넣었다.

처음 내시경이 비춘 것은 거무튀튀한 커다란 덩어리들이었다. 덩어리들은 함께 뭉쳐 움직이기도 하고 뿔뿔이 흩어지기도 했다. 정체를 알 수 없었기 때문에 움직이는 커다란 덩어리들은 무서웠다. 처음 녹색 철문에 의문을 제기한 직원은 자신이 어쩌다가 이곳의 정체를 밝히는 일에 매달리게 됐는지 생각하며 한숨을 쉬었다.

화면이 점점 선명해지면서 움직이는 덩어리가 윤곽을 드러냈다. 코끼리였다. 화면으로 추정하건대 적어도 네 마리는 넘었다. 사람들은 코끼리임을 믿을 수 없어 계속 화면만 들여다보았다. 아무리 보아도 코끼리가 분명했다.

감리단장은 얼마 전 U공원에서 실종된 여섯 마리의 코끼리를 떠올렸다. 하지만 코끼리들이 여기까지 어떻게 왔을지 설명하기 힘들었다. 그들은 일단 U공원 관계자에게 연락했다. 공원 관계자는 장난전화인 줄 알고 호통을 쳤다. 자신도 왠지 거짓말을 하는 기분이던 감리단장은 그에게 코끼리가 찍힌 화면을 보여주었다.

드디어 낡은 철문이 열렸다. 공원 관계자와 라오스 출신 조련사들, 코끼리를 실을 컨테이너 트럭 여섯 대가 철문 앞에 대기했다. 문을 열자 아래로 향한 기다란 계단이 나타났다. 계단의 아랫부분은 깊은 수렁처럼 어둠에 가려 보이지 않았다. 어디에선가 코끼리 울음소리가 들리는 것 같았다. 조련사들이 천천히 계단을 내려갔다. 계단을 다 내려가자 백여 평이 넘는 커다란 방이 나왔다. 입식 화장실과 부엌도 있었다. 육중한 가죽소파는 먼지가 뽀얗게 쌓인 채 벙커의 주인처럼 한가운데 놓여 있었다. 그리고 여섯 마리의 코끼리들이 살림살이처럼 벙커 곳곳에 우두커니 서 있었다. 코끼리들은 열린 문으로 스며들어온 빛을 바라보았다. 그러나 이내 고개를 돌려 오후의 산책을 즐기듯 천천히 벙커 안을 돌아다녔다.

지하에서 코끼리들이 그렇게 걸어다니고 있는데 도로가 울리지 않았다니 이상했다. 이상한 건 그뿐만이 아니었다. 그들이 어떻게 벙커 안으로 들어갔는지, 어떻게 그 안에서 굶어죽지 않고 살 수 있었는지, 그들이 입고 있던 알록달록한 망토는 어디로 사라졌는지, 그리고 도대체 벙커는 누가 언제 만든 것인지 하는 질문이 끝도 없이 쏟아졌다.

공원 관계자들은 누군가 수상한 목적을 달성하고자 코끼리를 숨겨놓은 게 틀림없다고 목청을 높였다. 그들은 조련사들을 의심했다. 여섯 마리나 되는 덩치 커다란 코끼리를 옮겨오는 일은 숙련된 조련사가 아니고는 불가능하다는 게 그들의 생각이었다. 조련사들은 라오스 출신이었으므로 자신들을 의심하는 말을 알아듣지 못하거나 혹은 그런 척했다. 그들은 연신 코끼리를 쓰다듬었다. 코끼리가 반갑다기보다 다시 일을 할 수 있는 게 좋았다. 공원 관계자는 조련사들이 코끼리를 비싼 값에 팔려고 짰을 거라며 입을 모았다. 여섯 마리의 코끼리가 스스로 벙커에 숨어들어 쇠 자물통을 잠그거나 조련사 이외의 다른 사람이 코끼리를 이동시키는 것을 생각할 수 없었으므로 모두들 암묵적으로 그 의견에 동조했다.

여섯 마리의 코끼리가 한 마리씩 여섯 대의 컨테이너로 들어가자 백팔십 평이나 되는 커다란 벙커가 드러났다. 사람들은 처음에는 철문 뒤에서 나타난 코끼리 때문에, 그다음에는 코끼리가 사라진 자리에 남은 벙커 때문에 놀랐다.

벙커는 언제 지어진 것인지 알 수 없었다. 부정선거와 독재정치로 십수 년간 대통령직을 수행한 장군이 만들었다는 보도가 있었다. 최근까지 관리된 흔적이 있고 사용된 건축자재의 생산 연도로 보아 그 이후에 지어졌다는 의견도 있었다. 누구도 벙커가 언제 지어졌는지 언제까지 관리되었고 소유자가 누구인지 대답하지 않았다.

벙커의 철문은 다시 단단히 잠겼다. 그 앞을 지나가는 사람들은 가끔 문을 두들겨보기도 하고 쇠 자물통을 건드려보기도 했다. 철문 뒤에서 낮고 긴 소리로 우는 소리가 들리는 것 같았다. 어디선가 쿵쿵 울리는 발소리가 나는 것도 같았다. 모두 느낌이었을 뿐 둔탁한 공명음이 사라지면 침묵처럼 단단한 철문만 남았다.

네 사람이 막 공원을 빠져나가려는데 코끼리를 태운 여섯 대의 트럭이 공원으로 들어왔다. 그들은 가만히 서서 트럭이 지나가는 것을 지켜보았다.

"저 안에 재갈 물린 코끼리가 들었어?"

S가 물었다. 그들은 단장을 통해 그 소식을 들었다. 단장은 곧

퍼레이드가 다시 시작될 예정이라고 했다.

잠시 후 앞서가던 트럭 한 대가 한숨을 쉬듯 쿨럭대며 멈춰 섰다. 똑같은 원복을 입은 한 떼의 아이들이 트럭 앞을 지나쳐 출구 쪽으로 걸어가고 있었다. 갑자기 K가 주먹을 쥐고 나팔 부는 시늉을 했다. K의 규칙적인 주먹질은 컨테이너를 향한 주먹질처럼 보이기도 했다. 아이들이 다 지나가자 컨테이너를 실은 트럭이 천천히 나아갔다. K는 트럭이 보이지 않을 때까지 계속 헛주먹질로 나팔을 불었다.

네 사람은 다시 코끼리 우리에 가보았다. 우리는 여전히 텅 비어 있었다. 그들은 지난번처럼 철창에 매달렸다. 여섯 마리의 코끼리는 며칠간의 심리치료를 마치고 다시 공연장에 투입될 예정이었다. 코끼리들은 나란히 서서 코를 도넛처럼 말아 인사하고 축구공을 차고 앞발을 들고 서서 무대를 한 바퀴 돌 것이다. 관람객의 박수와 환호가 커질수록 육중한 다리를 더욱 재게 놀릴 것이다.

퍼레이드가 다시 시작되면 네 사람은 새로 도착한 인형 탈을 쓰기로 했다. 잘 웃는 E는 인형 대신에 왕자 복장을 하게 될지도 몰랐다. 단장이 미리 언질을 주었다. 그는 E에게 화낸 것을 미안해하고 있었다. E는 인형 탈을 쓰지 않아도 된다는 생각에 들떴지만 곧 추워질 것이므로 계속 인형 탈을 쓰는 게 낫다 싶어졌다.

"그런데 코끼리들이 어떻게 벙커에 들어간 거야?"

K가 물었다. 아무도 대답하지 못했다.

"정말 조련사들 짓일까?"

이번에는 P가 물었다.

"조련사가 무슨 재주로 코끼리를 거기까지 데려가냐? 이 좁은 땅에서 팔아봤자 어디에 팔 수 있다고……"

E는 S의 말에 힘껏 고개를 끄덕였다. K의 머릿속에는 코끼리가 공중을 나는 모습이 그려졌다. 날개 달린 코끼리들이 도심 한복판의 지하 벙커 속으로 줄지어 날아들어갔다. K는 소리 내어 웃었다.

그때 어디에선가 쿵쿵거리며 땅이 울리는 소리가 들려왔다. 그 소리를 들은 S는 가슴에 손을 가져다댔다. 어느 날부터인가 심장이 땅을 흔드는 코끼리 발소리처럼 육중하게 뛰었다. 그는 가쁜 숨을 다잡으며 천천히 철창 아래로 내려왔다.

"저 소리 들리니?"

K가 물었다. 그제야 S는 자기 심장이 뛰는 소리가 아님을 알고 안도했다. P가 놀란 얼굴로 언덕을 가리켰다. 거기에는 거대한 짐승의 그림자가 어른거리고 있었다. 그림자는 조금씩 언덕 아래로 내려왔다. 코끼리였다. 더 가까이 다가오자 코끼리들이 악기를 코로 감싸쥐거나 목에 걸고 있는 게 보였다. 어떤 코끼리는 나팔을, 어떤 코끼리는 큰북을 들고 있었다. 운지법이 까다로운 트럼펫을 목에 건 코끼리도 있었다. 그들은 앞장선 코끼리의 신호에 따라 느릿느릿 걸으면서 일제히 악기를 연주했다. 소리는 하나도 맞지 않았다. 그 불협화음이 유쾌해서 넷은 오랜만에 큰 소리로 웃었

다. 늘 웃는 얼굴을 하고 있었는데도 어쩐지 처음으로 웃는 느낌이 들었다.

금요일의 안부인사

*

김이 카드를 돌렸다. 박은 슬쩍 카드를 확인하고 테이블에 올려 두었다. 조는 확인한 카드를 손에 감추고 칩을 만지작거렸다. 세 사람은 신호라도 되는 듯이 서로 눈을 맞췄다. 게임이 시작되었다.

그들은 간단한 안주와 함께 맥주를 나눠 마시며 게임에 몰두했다. 대화가 오가기도 했다. 주로 떠드는 건 조였다. 조는 닭을 튀길 때 기름의 온도부터 시작해서 튀기고 남은 기름을 어떻게 처리하는지 얘기했다.

"전에 양계장에 가본 적이 있어요."

김이 느닷없이 조의 말에 끼어들었다. 암모니아 냄새가 너무 지독해서 코를 막으면 숨을 쉬기 위해 입이 벌어지고, 벌어진 입안으로 더러운 닭털이 날아들어왔다고 했다. 조는 아랑곳없이 이번에는 프랜차이즈체인 사업의 문제점을 떠벌리기 시작했다. 김이 다시 조의 말을 끊고 양계장 구조가 아파트와 유사하다는 얘기를 꺼냈다. 그는 왜들 닭장 같은 아파트라고 빗대어 말하는지 알 것 같다고 했다. 아파트처럼 층층이 세워진 닭장에서 닭들은 부리가 잘린 후에도 점점 비대해지는 몸을 견디다못해 자기 발등을 찍고 다른 닭의 몸통을 쫀다는 말도 덧붙였다. 얘기가 길어지자 박이 슬쩍 인상을 썼다. 조는 입이 쓴 듯 침을 삼켰다. 김은 말이 길어진 걸 자책하며 입을 다물었다. 그들은 다시 묵묵히 손에 든 카드를 보았다.

게임은 대개 금요일 자정 무렵에 시작되어 다음날 동이 틀 즈음에 끝났다. 왜 하필 금요일에 모이게 되었는지 알 수 없지만 모이기에 적당한 날은 금요일뿐이었다. 그들은 모두 사십대였다. 월요일부터 금요일까지 일에 매달려야 하는 나이였다. 금요일 밤이 아니고서는 맘 편히 어울릴 수 없었다.

언젠가 퇴근길에 김이 아파트 단지 앞 치킨집에 들른 것도 금요일이었다. 유리창 앞에 쌓인 노릇노릇한 통닭이 먹음직스러워 보였다. 딸아이에게 주려고 포장을 부탁해놓고 기다리는 동안 생맥주를 한 잔 시켰다. 맥주는 물을 탄 듯 싱거웠다. 김은 텔레비전 모니터 앞에 바짝 다가가 앉았다. 개그맨들이 나와 떠들고 있었다. 웃고 있는 방청객의 모습이 간간이 비쳤다. 김은 떠들썩한 개그 프로그램을 별로 좋아하지 않았다. 어쩌다 한 번씩 보는 것이라 거기에 나오는 유머를 도통 이해할 수 없었다.

닭이 튀겨지는 냄새가 풍겨왔다. 그제야 딸아이가 통닭을 별로 좋아하지 않는다는 데 생각이 미쳤다.

"저게 뭐가 웃긴지 모르겠군."

혼자서 맥주를 마시고 있던 박이 중얼거렸다. 방청객들의 커다란 웃음소리가 효과음처럼 들려왔다. 김이 공감한다는 듯 고개를 끄덕였다.

"그러게 말이에요. 뭐가 재밌다는 건지."

두 사람은 각자 테이블에 앉아 생맥주를 마시며 멀거니 텔레비전을 보았다. 한 개그맨이 달려나오다 넘어졌을 때, 두 사람은 동시에 피식 웃음을 터뜨렸다. 주인이 김에게 주문한 통닭을 건넸다. 김은 딸아이에게 주려고 주문한 닭을 꺼내 박에게 권했다.

"저는 저런 게 웃겨요."

박이 말했다. 김이 동의하듯 고개를 끄덕였다.

"저도 그래요. 요새 유머는 도통 알아먹을 수가 없어요."

주인이 그들의 얘기에 끼어들었다. 그가 조였다.

손님은 김과 박뿐이었다. 세 사람은 어울려 싱거운 맥주를 마시며 개그 프로그램을 다 보았다. 김은 술이 약해 조금 마셨는데도 취기가 올라서인지 자주 웃음을 터뜨렸다. 그럴 때마다 박이 김을 흘깃거렸다. 프로그램이 끝났을 때 김은 자기 집에 가서 한잔 더 하자며 두 사람을 잡았다. 박이 말없이 남은 맥주를 들이켰다. 그는 모르는 사람과 어울리는 걸 좋아하지 않았다. 조는 자정 무렵에 가게문을 닫으니 그때 가겠다고 했다. 박이 천천히 고개를 끄덕였다. 대답은 했지만 가지 않을 생각이었다. 약속을 어긴다고 해서 문제될 건 없었다. 같은 아파트 단지에 살기는 하지만 처음 만난 사이였다. 다음날 마주쳐도 얼굴을 알아볼 수 없을지도 몰랐다. 게다가 김은 이미 취한 것 같았다.

서둘러 집에 돌아간 김은 딸아이더러 아빠 친구들이 놀러올 테니 시끄럽더라도 나오지 말라고 일렀다. 아이는 고등학생이었다. 어른들이 노는 자리에 얼굴을 내밀어서 좋을 게 없었다.

"아빠 친구들이 온다고요?"

아이가 되물었다.

"그냥 아는 동네 사람."

김이 대답했다.

"그냥 아는 동네 사람이 야밤에 왜 남의 집에 온대요?"

아이가 알 수 없다는 듯 되물었다.

"글쎄다."

김도 이유를 알 수 없어 고개를 갸우뚱거렸다.

집으로 돌아간 박은 옷도 벗지 않고 어두컴컴한 거실 소파에 우두커니 앉았다. 하루종일 비어 있던 집에는 냉기가 감돌았다. 불을 꺼두어야만 한강교를 둘러싼 야경이 제대로 보였다. 여러 빛깔이 어우러진 불빛이 아름답게 반짝거렸다. 이 아파트를 택한 건 순전히 이 풍경 때문이었다. 넋을 잃고 창밖을 바라보다가 문득 금요일 밤에 컴컴한 창가에 혼자 서서 야경을 보는 건 자기뿐이리라는 생각이 들었다. 그는 따뜻한 옷으로 갈아입고 김의 집으로 향했다.

김은 소파에 앉아 졸고 있다가 박을 맞았다. 박이 도착하고 십 분쯤 후에 조가 나타났다. 옷을 갈아입었어도 그의 몸에서는 여전히 기름 냄새와 치킨 냄새가 풍겼다.

막상 모였지만 달리 나눌 말이 없었다. 세 사람은 소파에 일렬로 앉아 전원을 켜지 않은 텔레비전을 바라보며 잠자코 맥주를 마셨다. 검은 텔레비전 화면에 나란히 앉은 세 사람의 모습이 비쳤다. 간혹 누군가 얘기를 꺼냈다. 기다렸다는 듯 다른 누군가 그 말에 대꾸했다. 김은 얘기를 들으며 개그 프로그램의 방청객처럼 자주 웃음을 터뜨렸다. 차라리 개그 프로그램이라도 보면 좋겠다는 생각이 들 무렵 심심하니까 게임이나 한판 하자는 얘기가 나왔다. 누가 먼저 꺼낸 얘기인지 분명치 않았다. 카드 게임을 좋아한다고 말한 사람은 박이었다.

"카드는 말이죠, 서로 다른 무늬와 숫자를 사용해서 여러 가지 변수들을 경제적으로 다루는 게임이죠. 집약적이고 정교해요. 게다가 창의적이에요."

박은 그들이 모인 후로 가장 길게 말했다.

"화투는 더 정교한데."

조가 대꾸했다. 박이 카드의 진수를 모르고 하는 말이라고 응수했다. 조는 화투에도 진수가 있다고 중얼거렸다. 그런 얘기들을 나누다 그들은 둥근 테이블에 마주앉았다. 돈을 딴 사람은 김이었다. 김은 자기가 돈을 땄으니 다음에 술을 사겠다고 했다.

그들은 다음 금요일 밤에 또 모였다. 이번에는 조가 돈을 땄고 술을 샀다. 그 이후로 그들은 매주 금요일 자정 무렵이면 둥근 테이블에 검은 천을 깔고 마주앉았다. 정기적으로 만나고 있지만 서로의 연락처를 몰랐다. 유일하게 아는 것은 조의 가게 전화번호였다. 굳이 연락을 나눌 일은 없었다. 금요일 밤이면 그들은 자연스럽게 김의 집으로 모였다. 게임이 끝나면 아파트 단지 앞 사우나에 갔다. 한증막의 열기를 견디며 앉아 간밤의 피로를 풀었다. 사우나를 나와서는 내장탕을 먹었다. 돈은 게임에서 이긴 사람이 내기로 했다. 대개는 김이었으나 돈을 내는 것은 대부분 박이었다. 김은 돈을 내야 할 때가 되면 화장실에 가거나 지갑을 찾아 옷을 더듬었다. 조가 머뭇거리면 박이 선뜻 돈을 냈다.

조가 막 손에 쥔 카드를 내려놓는데 벌컥 방문이 열렸다. 김과 박이 소리가 나는 쪽으로 고개를 돌렸다. 조는 그들보다 조금 늦게 고개를 들었다. 카드를 손아귀에 감추느라 시간이 걸렸다. 문을 연 사람은 김의 딸이었다. 아이는 문가에 선 채 시선을 돌려 모두를 한 번씩 쳐다보았다. 박과 조는 김의 아이를 처음 보았다. 아이는 그들이 와도 인사하러 나오지 않았다. 김은 뭐라고 말을 해야 할지 몰라 묵묵히 아이를 바라보았다. 도박을 하다 경찰에게 걸려도 할말이 있을 것 같았는데 아이 앞에서는 아무런 말이 떠오르지 않았다. 인사라도 시켜야 하는 걸까 생각하고 있는데 아이가 김에게 다가와 카드 한 장을 내밀었다. 하트 에이스였다.

"이게 거실에 떨어져 있었어요."

조는 영문을 몰라 김과 박의 얼굴을 살폈다.

"저게 뭐지요?"

입을 연 것은 박이었다. 박은 손짓으로 아이에게 카드를 가져오게 했다. 아이가 박에게 카드를 건네주었다. 박이 카드를 살폈다. 아이가 슬그머니 방문을 닫고 나갔다. 아이가 제 방에 들어가는 소리를 듣고 나서야 김이 서서히 얼굴을 붉혔다. 박은 카드를 테이블에 내려놓았다. 조는 그제야 카드를 처음 본다는 듯 호들갑을 떨었다.

"이게 왜 거실에 떨어져 있죠? 누가 숨겨놓기라도 한 건가?"

그 말에 김이 깜짝 놀랐다. 조와 박도 마찬가지였다. 그들은 게임이 순식간에 싸구려 도박으로 전락하는 느낌을 받았다. 김은 무슨 말이든 하지 않으면 오해를 받을 수 있겠다고 생각했다. 이곳은 김의 집이었다. 카드를 숨겨놓은 사람이 누구이건 김이 의심을 받기 쉬웠다. 테이블에 놓인 하트 에이스가 두근거리는 김의 심장처럼 붉게 빛났다.

그들은 크게 떠들어대며 게임을 하는 스타일이 아니었다. 게임이 풀리지 않을 때면 간혹 조가 낮게 욕설을 내뱉기도 했다. 박과 김에게 하는 말이 아니었으므로 기분이 상하지는 않았다. 그들은 대개 각자 생각에 잠긴 채 카드를 돌렸다. 카드를 살피는 동안에도 말을 많이 나누거나 이기려고 상대의 표정을 살피지 않았다. 일부러 태연한 표정을 유지하거나 절망적인 표정을 짓지도 않았다. 애써 이기려는 노력이 우스울 정도로 걸린 판돈이 적었다. 그들은 돈을 따기 위해서나 친목을 다지기 위해서가 아니라 단지 침묵 속에 앉아 쉬려고 게임을 선택한 것으로 보였다. 게임을 하는 동안 박과 조는 쉴새없이 담배를 꺼내 물었다. 게임이 잘 안 풀리거나 이기고 싶은 마음에 초조해서는 아니었다. 단지 습관이었다. 재를 함부로 바닥에 흘리지도 않았다. 매번 재떨이에 조심스럽게 떨었다. 간혹 조가 목구멍 깊은 곳에서부터 가래를 끌어올려 내뱉었다. 그 소리가 가장 클 정도로 게임을 벌이는 방에서는 별다른 소리가 나지 않았다. 그러니 밤의 게임이 아이의 잠을 방해했을 리 없었다.

아이가 들고 온 카드는 도대체 어디서 난 것일까? 김은 느닷없이 방문을 열어젖힌 아이가 거실에서 주웠다며 카드를 한 장 내민 것에 정신이 팔려 아이가 여태 교복을 입고 있었다는 걸 뒤늦게 깨달았다. 슬쩍 시계를 보니 새벽 세시가 넘어 있었다. 아이가 제 방에서 자고 있는 줄 알았다. 아직 들어오지 않았다고는 생각하지 못했다. 지금까지 아이는 바깥에서 뭘 하고 돌아다녔을까? 언제 집에 돌아온 것일까? 그러고 보니 아이가 들어오는 문소리를 듣지 못한 것 같았다.

김은 골똘히 생각에 잠겼다가 굳은 얼굴을 풀었다. 생각에 잠긴 얼굴은 거짓말을 생각해내려고 궁리하는 것으로 보일 수도 있었다. 김은 처음으로 표정을 바꾸려고 노력했다. 그는 태연한 척하며 손에 쥔 카드와 테이블에 놓인 카드를 번갈아 보았다. 조와 박이 힐끔거리며 그를 보았다. 김은 자신을 바라보는 둘의 시선이 곤혹스러웠다. 두 사람이 자신을 술수나 부리는 노름꾼으로 생각할까봐서였다. 공교롭게도 지금껏 가장 많이 돈을 딴 사람은 김이었다.

김은 지는 것을 겁내는 성격이었다. 학교 시절 오락시간만 되면 유난히 애를 먹었다. 다른 사람은 웃으면서 게임을 즐기는 동안 그는 오직 벌칙에 걸리지 않으려고 진땀을 흘리며 최선을 다했다. 벌칙이라고 해봤자 뻔했다. 대개는 여러 사람 앞에서 노래를 부르거나 춤을 추거나 둘 다 싫다면 엉덩이로 이름을 쓰면 되었다. 김은 다 싫었다. 떨면서 노래 부르고 싶지 않았다. 그가 거의 모든 게임에서 지지 않으려는 것은 순전히 노래를 못 부르는데다 놀림을 받기 싫은 탓이었다.

아이가 건넨 카드에 대해서라면 아는 바가 없었다. 누군가 속임수를 쓰려고 해서가 아니라 단순히 화장실에 다녀오다가 흘렸을 수도 있었다. 김은 조나 박이 자신을 궁지에 몰아넣으려고 꾸민 일일지도 모른다고 생각했다. 유난히 화장실에 자주 들락거리는 조의 짓인지도 모르고 매번 게임에 지는 것에 약이 오른 박의 장난일 수도 있었다. 하지만 그렇게 해서 그들이 얻는 게 뭐란 말인가. 김을 쳐다보는 조의 시선과 냉담하게 담배를 피우고 있는 박의 표정을 보면 그들은 이번 일과는 무관했다.

조가 생각하기에 그들의 게임은 말 그대로 게임에 불과했다. 어떤 속임수가 있으리라고는 생각하지 않았다. 물론 조가 늘 정정당당하게 군 것은 아니었다. 화장실에 가는 척하며 박과 김이 안 보는 사이에 슬쩍 카드 순서를 바꿔놓기도 했고 몰래 남의 카드를 엿보기도 했다. 단지 그 정도였다. 게임의 흐름을 바꾸고자 물꼬를 트는 정도였다. 조는 검은 천이 쳐진 테이블 아래쪽을 들여다보고 싶었으나 참았다. 사소한 속임수에 연연하는 것을 들키고 싶지 않았다. 어쩌면 푼돈에 분개하는 속 좁은 사람으로 비칠지도 몰랐다.

조는 태연한 얼굴로 김을 살폈다. 김에 대해 별로 아는 게 없었다. 사고로 아내가 죽은 후 고등학생인 자식과 단둘이 산다는 것, 이사한 지 오래되었다는 점으로 보아 아파트가 김의 소유이리라는 것, 사십대 중반에 중소기업 부장이고 물색없이 남의 얘기에 잘도 끼어든다는 것, 첫 주문 이후 닭을 꼭 반 마리만 주문하는 것으로 보아 통이 작은 인간이라는 것, 술이 약하고 술에 취하면 헤프

게 잘 웃는다는 것, 언젠가는 자신처럼 체인점 사장이 되리라는 추측 정도가 다였다. 김은 장사를 하는 조를 부러워하면서도 실은 자신이 여전히 월급쟁이여서 다행이라는 긍지를 숨기지 않았다. 구조조정 과정에서 밀려난 사십대의 마지막 코스가 고만고만한 프랜차이즈 가맹점이라고 생각하는 게 틀림없었다. 조는 김의 그런 태도가 볼썽사나웠다. 언제고 김 역시 그런 처지가 될 것이었다.

박은 점점 게임이 재미있어진다고 생각했다. 누군가 속임수를 써왔을지도 모른다는 사실 때문이었다. 좀더 박진감 넘치는 속임수가 나타나지 않아 유감스러울 정도였다. 게임이 너무 진지하고 구태의연하게 흘러 지루해지려던 참이었다. 사실 속임수보다 이 판에서 흐르는 돈이 고작 몇 푼에 불과하다는 점이 더 흥미로웠다. 물론 푼돈이 모여 목돈이 된다는 것을 박은 누구보다 잘 알았다. 박은 무관심한 척하려고 했으나 두 사람을 비웃는 표정을 숨기지 못했다.

조는 불안하게 검은 천을 만지작거리면서 김과 카드를 번갈아 쳐다보았다. 간혹 동의를 구하는 듯 박을 쳐다보기도 했다. 박은 조와 시선을 맞추지 않았다. 테이블에 무거운 침묵이 흘렀다.

"오늘은 이만 접고 사우나나 갈까요?"

침묵을 깬 사람은 박이었다. 박의 목소리가 태연했다.

"그럽시다."

조가 들고 있던 카드를 내려놓고 흔쾌히 박을 따라 일어섰다.

김도 엉거주춤 일어섰다. 그들은 서먹한 얼굴을 어둠 속에 감추고 거실을 가로질러 김의 집을 나섰다.

*

김은 검게 탄 빵을 천천히 씹었다. 마땅한 저녁거리가 없어 냉동실에 있던 식빵을 토스트기에 넣고 구웠다. 시간 조절을 잘못했는지 빵이 까맣게 타버렸다. 김은 쓴 빵을 천천히 씹어 삼켰다. 입이 썼지만 마음은 더 썼다. 중요한 계약을 날려버려서였다. 사장이 늘 회사의 사활이 걸렸다고 떠벌리던 일이었다. 월요일 아침이면 그 얘기로 회사가 떠들썩할 것이다. 김은 벌써부터 마음이 초조해졌다. 일이 이렇게 된 데에는 부하 직원의 잘못이 컸다. 준비가 소홀했고 제안은 상식적인 수준이었으며 경쟁사 대응도 허술하기 짝이 없었다. 이럴 때일수록 부하 직원들을 다독여야 했지만 화를 참기 어려웠다. 사실 그는 좋은 상사로 남고 싶었다. 사장과 어울리기보다는 직원들과 편하게 어울리고 싶었다. 남 밑에서 일하는 처지라는 점에서 보면 말단 사원이나 부장이나 다를 게 없었다. 그런데도 직원들은 중간관리자인 그를 별로 좋아하지 않았다. 그가 같이 밥이나 먹으러 가자고 하면 사원들은 노골적으로 싫은 티를 냈다. 참다못한 한 사원이 "에이, 부장님, 갑자기 회식을 하자시면 안 되죠" 하고 웃으며 말을 꺼내면 모두들 그렇다고 입을 모았다.

"밥 한끼 같이 먹자는 게 회식인가?"

그가 되물으면 부장님이 계시면 다 회식이라고 대답했다. 사원들은 미안해하지도 않고 뿔뿔이 흩어졌다. 혹시 김이 잡을까 싶어서 오히려 더 빨리 사무실을 나가버렸다. 김은 당황했다. 그런 비교가 의미 없음을 알지만 자신의 신입사원 때를 떠올려보았다. 다른 약속을 못 지키더라도 회식을 하자는 상사를 거스른 적은 없었다.

사원들이 모두 퇴근한 후 김은 텅 빈 사무실에 우두커니 앉아 책상에 놓인 실패한 기획서를 훑어보았다. 파티션으로 칸칸이 나눠진 좁은 사무실이 닭장처럼 느껴졌다. 어디선가 닭똥 냄새가 나는 것도 같았다. 김은 코를 틀어막고 책상 위의 서류 더미를 모두 쓰레기통에 넣어버렸다. 발등을 쪼는 것 같은 이곳에서 얼마나 더 버틸 수 있을까. 김은 승진을 하고 싶었지만 책임이 커지는 것은 부담스러웠다. 실패를 최소화하고자 모든 결정은 선례를 참고해서 내렸다. 새로운 결정으로 생기는 혼선과 책임을 떠맡고 싶지 않았다. 사원들은 그를 무능하고 보수적인 상사라고 생각했다. 윗사람들은 주책맞게 부하 직원 앞에서 말을 못 가리고 매너리즘에 빠져 있다고 생각했다. 모두 맞는 평가였다.

자정이 되려면 한 시간 넘게 남았다. 박과 조가 나타날지는 알 수 없었다. 지난 일주일 동안 한 번도 그들과 마주치지 않았다. 다행이었다. 마주쳤다면 당황해서 피해버렸을지도 몰랐다. 퇴근길에 조의 가게를 슬쩍 들여다본 적은 있었다. 그는 빈 테이블에 멀거니 앉아 텔레비전을 보고 있었다. 가게는 손님이 하나도 없었다. 다음날부터 혹시라도 조와 마주칠까봐 먼 길을 돌아갔다. 박과는 한 번도 마주친 적이 없었다. 그는 늘 차를 타고 다녔다. 김은 그의 차종과 번호를 몰랐다. 누군가 속임수를 쓰려 했더라도 박은 아닐 것이다. 그가 푼돈을 따려고 카드를 숨겨 일을 꾸밀 리 없었다. 그는 돈이라면 차고 넘칠 정도로 많아 보였다. 조가 그랬을 리도 없었다. 김은 이 문제에서 명확히 범인을 따져야 할지 모른 척 넘어가야 할지 판단이 잘 서지 않았다. 다시 이 얘기를 꺼냈다가는 오히려 자신이 저급한 속임수를 감추려고 애쓰는 것으로 보일 수 있었다.

아이가 불쑥 카드를 내밀지만 않았다면 그들은 다른 날과 마찬가지로 새벽녘까지 게임을 즐겼을 것이다. 김은 씹던 빵을 내려놓고 아이의 방문을 열었다. 아이는 아직 돌아오지 않았다. 학원과 독서실을 들렀다 자정이 넘어서야 돌아올 것이다. 그는 어두컴컴한 방을 바라보며 피곤한 얼굴로 책을 보고 있을 아이를 떠올렸다. 그러자 카드를 들고 온 아이의 저의를 일순간 의심한 자신이 부끄러워졌다. 도대체 아이에게 저의란 게 있을 수 있단 말인가. 아내는 아이가 유소년기를 막 빠져나올 무렵 교통사고를 당했다. 어미가 죽은 후 아이는 말수가 적은 성격으로 자라면서 김에게도 낯을 가리기 시작했다. 아이가 자랄수록 김은 점점 직장에서 밀려

나지 않기 위해 애써야 하는 나이가 되었다. 연차가 쌓일수록 회사에서 그의 입지는 점점 좁아졌다. 아이도 학년이 올라갈수록 보충수업과 학원 수업으로 바빠졌다. 김은 점점 아이와 서먹해졌다. 간혹 아이가 몇 학년인지 헛갈렸다. 장래희망이나 취향, 친한 친구의 이름을 알려는 노력은 일찌감치 관뒀다. 한순간에 알 수 있는 게 아니고 몇 마디 물어서 알아지는 것도 아니었다. 간혹 아이는 텔레비전을 보면서 키득대거나 인상을 찌푸렸지만 아이가 어떤 장면에서 웃는지, 인상을 쓰는 게 무엇 때문인지, 누구를 싫어하고 좋아하는지는 몰랐다.

이부자리에는 몸이 빠져나간 자국이 그대로 남아 있었다. 정리해놓으려다가 관두기로 했다. 집안일을 해주는 아주머니는 월요일과 목요일에 왔다. 김은 자기가 방에 들어온 걸 아이가 모르고 지나가기를 바랐다. 그는 우선 아이의 책상을 살펴보았다. 학습용 참고서와 문제집이 가득 꽂혀 있었다. 그중 한 권을 빼내어 죽 훑어보았다. 문제집은 새것처럼 깨끗했다. 그 역시 학창시절에 그러했으므로 별로 놀라지 않았다. 원래 자리에 문제집을 꽂아둔 후 아이의 책상 서랍을 열었다. 첫번째 서랍에는 볼펜과 노트 따위가 아무렇게나 담겨 있었다. 요즘 아이들은 별걸 다 모은다고들 했다. 아이는 볼펜이나 노트를 모으는지도 몰랐다. 그는 순서대로 세 개의 서랍을 다 열어보았다.

방을 뒤졌지만 아이에 대해 알게 된 것은 없었다. 새것인 듯 깨끗한 문제지를 보았고, 쓰지도 않은 펜들이 서랍에 가득 든 것을 보았다. 그 외에는 아무것도 보지 못했고 아무것도 알아내지 못했다. 달력에는 자신의 생일이나 김의 생일, 엄마의 제삿날은 물론이고 친구의 생일도 적혀 있지 않았다. 아이는 노련한 도둑처럼 흔적 하나 남기지 않고 자기 방을 치워놓았다. 또래라면 흔히 들고 다닐 수첩도 없었다. 그는 불현듯 자신이 아이에 대해 아는 점이라고는 이름뿐이라는 사실을 깨달았다. 그렇게 되는 동안 그가 한 일은 회사에서 조금씩 밀려나고 있었던 것뿐이었다.

*

조는 뚫어져라 화면을 응시했다. 열 마리의 말이 먼지를 일으키며 뛰어오고 있었다. 말은 규칙적으로 무릎을 구부렸다 펴며 앞으로 달렸다. 조는 자기가 달리기라도 하는 듯 덩달아 발을 움직였다. 조의 발이 의자 밑에서 달그락거렸다. 조가 점찍은 말은 처음에는 앞서 나오는가 싶더니 점점 뒤처졌다. 조는 초조한 마음에 화면 가까이 다가갔다. 기수 대신 채찍질이라도 하고 싶었다. 목이 말라서 편의점에서 사온 맥주를 벌컥벌컥 마셨다. 갈증은 쉬이 가시지 않았다. 이렇게 목이 마를 때면 닭의 핏물이 빠진 붉은 물을 마시고 싶어졌다. 실제로 핏물을 마실 생각은 없었다. 지독해지지 않고서는 살 수 없는 기분이 드는 순간에나 잠시 해보는 생각이었다.

오늘 아침도 그랬다. 은행에서 전화를 한 통 받았다. 무리하게 가게를 확장하는 게 아니었다. 은행에서 꽤 큰 액수의 돈을 빌렸다. 다달이 높은 이자를 냈고 이전에 비해 두 배 정도 많아진 월세를 내야 했다. 테이블 수를 늘리고 의자를 바꾸고 조도를 낮춰 술 먹는 손님을 더 받을 생각이었지만 손님은 늘지 않았다. 치킨은 점점 인기가 없어졌다. 얼마 전에는 닭에 의한 전염병이 돌았다. 뉴스에서는 연일 폐사한 닭과 오리가 땅에 파묻히는 장면이 방영되었다.

화상경마장에 드나들어서도 안 됐다. 처음 경마를 했을 때 몇 번인가 행운이 찾아왔다. 행운은 몇 사람에게만 한정되었다. 매번 그게 자신이라는 생각이 들었다. 옆자리 사람이 주먹으로 화면을 내려치며 짜증 섞인 욕설을 퍼부었다. 조는 얼굴이 익숙한 그 사람을 힐끔 쳐다보았다. 그는 붉게 충혈된 눈을 화면에서 떼지 않았다. 차츰 행운에서 멀어지고 있는 사람임에 틀림없었다. 조가 찍은 말이 맨 뒤로 처졌다. 조는 지갑의 돈을 다 써버리고 나서야 경마장을 나섰다.

아내는 금요일이면 늘 그렇듯 일주일분 판매량을 정산하고 있었다.

"이번주도 거의 바닥이야."

아내가 울상을 지었다.

"주말엔 좀 팔려야 할 텐데."

아내가 장부를 덮고 생맥주 통에 물을 섞으며 말했다. 은행에서 독촉 전화가 걸려왔다는 말은 하지 않았다. 아내는 기업체 과장이던 조가 구조조정 과정에서 밀려나자 서둘러 치킨집을 알아봤다. 내키지 않아하던 조를 설득했다. 치킨은 특별한 요리법이 필요 없었다. 밑간을 한 후 튀김옷을 입히고 기름 온도를 조절해 시간에 맞게 튀겨내기만 하면 되었다. 인테리어는 본사에서 알아서 해주었다. 닭을 튀기는 일은 조가 맡았다. 조는 거리와 면한 유리 진열대 앞에서 영업시간 내내 닭을 튀겼다. 노릇노릇 튀긴 닭을 유리창 앞에 미끼 삼아 쌓아놓았다. 튀긴 닭 때문인지 냄새 때문인지 사람들은 유리창 앞을 힐끔거리며 지나갔다. 그럴 때면 조는 닭이 된 기분이었다. 온몸의 털을 뜯긴 채 발가벗고 거리에 서 있는 것 같았다. 익숙해질 법도 한데 아직도 뜨거운 기름에 자주 손을 데었다. 물집이 생기면 손톱으로 꼬집어 터뜨렸다. 쓰라림을 느낄 새도 없이 다시 뜨거운 기름에 튀김옷을 입힌 닭고기를 집어넣었다. 기름에 손을 데어가며 유리창 앞에서 닭을 튀겨야 먹고산다는 게 서글퍼지기도 했다. 기름 냄새 때문에 두통이 일었다. 장사가 되지 않는다면 앞으로는 닭처럼 뜨거운 기름에 투신해야 간신히 먹고살게 될지도 몰랐다. 말처럼 발바닥에 징을 박아 넣고 먼지를 일으키며 앞만 보고 달려야 할지도 몰랐다.

조는 닭을 물에 담갔다. 말갛고 비릿한 핏물이 번져나왔다. 전날 물에 담가 핏물을 빼둔 닭은 물기를 없애기 위해 체에 담았다. 물기가 다 빠지면 밑간을 해서 재어두고 밑간이 밴 닭에는 튀김옷을 입혔다.

창밖으로 김과 비슷하게 생긴 사내가 지나갔다. 조는 문을 열고 그를 부르려다 말았다. 닮은 사람일 수도 있었다. 그들은 전에는 마주친 적이 있을지 몰라도 금요일 밤의 모임이 시작되고는 한 번도 우연히 마주치지 않았다. 조의 가게에서 처음 만나기는 했지만 김과 박이 닭을 사러 오는 일은 없었다. 대낮에 아파트 근처가 아닌 어느 거리에서 그들을 만난다면 몰라볼 수도 있었다. 어쩌다 그들과 어울리게 되었을까.

박은 자신들과 어울릴 사람이 아닌 것처럼 보였다. 조는 게임을 벌이기 전에 박의 집에 가본 적이 있었다. 박이 치킨을 배달시켜서였다. 금요일 밤은 배달이 많았다. 배달 나간 아르바이트생이 도착하기 전이라 할 수 없이 통닭이 든 종이 상자를 들고 조가 박의 집으로 갔다. 어두컴컴한 집안에 양복을 입은 박이 우두커니 서 있다가 종이 상자를 받아들었다. 넓은 거실창으로 한강교가 보였다. 조명이 켜진 한강교는 아름다웠다. 그는 박이 돈을 내주길 기다리며 잠시 창밖 풍경을 바라보았다. 같은 아파트 단지이기는 하지만 조의 집에서는 층층이 불을 켜고 늘어선 다른 아파트 동만 보였다. 그걸 보고 있으면 사방이 벽으로 막힌 느낌이 들었다.

박이 그 일을 기억하고 있을지 알 수 없었다. 게임을 할 때도 박은 묵묵히 앉아 카드만 보았다. 간혹 조와 김이 얘기를 꺼내면 웃음으로 대꾸하며 동의하거나 인상을 찌푸려 반감을 드러냈지만 말을 보태지는 않았다.

조는 튀김옷을 입힌 닭을 뜨겁게 달궈진 기름에 넣었다. 기름이 오른쪽 검지손가락에 튀었다. 가게 안이 점차 뜨거워졌다. 기름 속에서 닭들이 노릇노릇 익어갔다. 조의 얼굴도 발그스레 익어갔다. 아내가 주말 동안 팔아야 하는 닭의 수를 큰 종이에 써서 유리창 앞에 붙여두었다. 조는 그 숫자를 뚫어져라 쳐다봤다. 갚아야 하는 은행빚과 이자, 경마장에서 잃은 돈과 팔아야 하는 닭고기의 숫자가 뒤엉켰다. 조는 말굽을 갈듯 튀김옷을 입힌 닭을 기름통에 넣으면서 자꾸 발을 꼼지락거렸다. 말처럼 박차를 가해 가게를 뛰쳐나가고 싶어졌다. 금요일이었다.

*

은행 문을 나서면 비로소 일주일이 끝났다는 느낌이 들었다. 일주일을 무사히 보냈다는 안도와 그새 일주일이 가버렸다는 가벼운 회한이 밀려왔다. 금요일은 아내의 계좌로 돈을 송금하는 날이었다. 오후가 되면 돈은 어김없이 빠져나갔다. 정기적인 출금은 아내와 아들이 무사하다는 증거였다. 그럼에도 가족의 안부가 가장 궁금해지는 날이 금요일이었다.

아내가 요구하는 금액이 점점 늘었다. 아이는 학년이 높아질수록 해야 할 것과 하고 싶은 게 많아진다고 했다. 박은 아이의 성장을 송금 액수가 느는 것으로 실감했다. 아이가 이국에서 성장통을 겪는 동안 그는 재정적 압박을 겪었다. 아내에게 전화를 걸까 하다가 관두기로 했다. 아내에게서 오는 전화는 이전보다 간격이 길어졌다. 클럽활동으로 축구를 한다던 아들과 통화를 한 지도 꽤 되었다. 박은 자신과 같은 사람들이 쉽게 처지를 비관한다는 걸 잘 알았다. 그렇게 되지 않으려고 잘 다림질된 와이셔츠에 최고급 양복을 입었으며 끼니에 맞춰 깨끗한 식당에서 밥을 먹었다. 날마다 다른 먹거리를 고르는 일은 성가셨다. 일행과 같이 온 사람들 틈에서 혼자 저녁을 먹는 일이 곤혹스러울수록 그는 천천히 음식물을 씹었다.

아파트 단지로 들어서는 길목에서 조를 보았다. 조는 오토바이를 타고 박의 차 옆을 지나쳤다. 조가 아닐지도 몰랐다. 배달을 하는 아르바이트생일 수도 있었다. 오토바이는 아파트 동 사이로 재빨리 사라졌다. 박은 오토바이 꽁무니를 바라보며 오늘이 벌써 금요일이라고 중얼거렸다. 세 사람의 공통점이라고는 같은 아파트 단지에 산다는 점뿐이었다. 박은 아파트 외의 주거 형태에서 살아본 적이 없었다. 그가 생각하기에 아파트는 이상적인 주거공간이었다. 아파트는 모두가 같다고 상상하지만 실은 전혀 다른 내면을 가지고 있었다. 또한 다르다고 생각하는 한편으로 모든 게 똑같아서 어디를 가나 낯설지 않았다. 박은 현대에 있어 개성이란 그런 것이라고 생각했다. 너무 다르면 거부감을 주지만 지나치게 같으면 경박해 보였다. 금요일 모임을 하기 전에도 그는 종종 아파트 단지 내 산책로를 어슬렁거리는 김과 조를 보았다. 박은 기억력이 좋은 편이었다. 그들은 모두 혼자 어슬렁거리고 있었다. 김은 우울한 모습이었던 반면 조는 어딘지 모르게 들떠 보이는 얼굴이었다. 박은 조가 단지 앞 치킨집 주인이라는 것도 알았다. 조는 늘 멍하니 거리를 내다보며 유리창 앞에서 닭을 튀겼다. 언젠가 주문한 치킨을 집으로 가져온 사람도 조였다. 조는 그때 바로 돌아가지 않고 멍하니 야경을 바라보며 서 있었다.

맥주나 한잔할까 해서 조의 가게에 들렀을 때 김이 혼자 텔레비전을 보고 있었다. 박은 그를 보자마자 산책로에서 종종 만나던 사람임을 알아봤다. 아파트 단지 앞의 사우나에서 만난 적도 있었다. 한증막의 열기를 견디는 김의 몸은 고깃덩어리처럼 붉었다.

조는 재정 상태를 박과 의논하고 싶어했다. 박의 재정 상태를 제대로 아는 사람은 거의 없었다. 들고 나는 수치가 워낙 커서 박도 헷갈릴 때가 많았다. 박은 적극적인 투자로 많은 돈을 벌었지만 그보다 더 많은 돈을 잃었다. 경제 시스템은 점점 극단적인 형태의 투기로 변해가고 있었다. 덩치를 늘려가지 않으면 살아남을 수 없는 구조가 되어버렸다. 도박에서 살아남으려면 동물적 감각이 필요한 것처럼 자금의 흐름을 예측하는 데에도 동물적 감각이 필요했다. 객관적이고 이성적인 판단은 근거를 부여하고 동기를 제공하지만 선택을 결정하지는 못했다. 선택은 언제나 직감으로 이루어졌다. 박은 경제가 이성이 아니라 우연으로 증폭된다고 생각했다. 상상력을 발휘해 투자를 했고 돈을 벌거나 잃었다. 그가 하는 일이라고는 돈을 걸고 결과를 우연에 내맡긴 채 무슨 일이 벌어질지 기다리는 것뿐이었다. 우연은 개인적인 능력이나 노력을 상관하지 않았다. 선천적이거나 후천적인 부의 정도도 고려하지 않았다. 그런 점에서 우연만큼 민주적인 것은 없었다. 박은 민주적이라는 말이 필연적으로 불공평함을 동반함을 잘 알고 있었다.

사실 그는 금요일 밤 김과 조와 벌이는 모임을 즐기는 편이었다. 그들은 모두 박과 관심사가 달랐고 벌어들이는 돈의 자릿수는 물론이고 씀씀이도 달랐다. 그들과는 논의해야 할 문제도 없었고 진지하게 나눌 고민도 없었다. 그래서 박은 금요일이면 김의 집으로 갔다. 그들과 있을 때면 친교가 사업이 아니라 일상이 되었다. 편안했지만 박에게는 생소한 느낌이었다.

*

김은 테이블 위에 카드 한 벌과 칩을 가지런히 놓고 중앙점을 표시하듯 탁자 한가운데 재떨이를 올려두었다. 그러고는 문가에 있는 의자에 앉았다. 언제나 김이 앉는 자리였다. 오른쪽 옆으로는 박이, 왼쪽 옆으로는 조가 앉았다. 그들은 오지 않을 수도 있었다. 금요일 모임에 특별한 약속을 해둔 건 아니었다. 자정 무렵 알아서 김의 집으로 모이는 것, 그것이 유일한 약속이었다.

일주일은 금세 지나갔다. 김은 여전히 늦게 퇴근했다. 아이도 학원과 보충수업으로, 혹은 김이 모르는 일정으로 바빴다. 김은 지난주 금요일의 작은 소동을 잊지 않았다. 불과 일주일 전 일인데도 오래된 일처럼 느껴졌다. 거실이며 화장실을 샅샅이 살폈다. 바닥에 떨어진 카드는 없었다. 김은 피곤한 표정으로 벽에 붙은 시계를 올려다봤다. 자정이 가까워오고 있었다.

박은 전화로 통장의 돈이 빠져나간 것을 확인했다. 몇 푼 남지 않은 통장의 잔액을 알려주는 녹음된 목소리가 아내와 아들이 보내는 안부인사처럼 느껴졌다. 오늘이 몇번째로 돈을 보내는 금요일인지 생각해보려 했으나 금세 떠오르지 않았다.

"잘 있는 거지?"

박이 불 켜진 한강교를 내려다보며 중얼거렸다. 어디선가 그럼, 잘 있고말고, 대답하는 소리가 들렸다. 박은 잠시 우두커니 서 있다가 옷을 갈아입고 김에게 가기 위해 집을 나섰다. 빈집의 냉기가 가라앉도록 집안의 불은 모두 켜두었다.

조는 머릿속에 어른거리는 여러 개의 숫자를 지워버리려는 듯 초인종을 꾹 눌렀다. 내일은 하루종일 벽에 붙은 숫자를 들여다보며 닭을 튀기게 될 테니 오늘은 잠시라도 묵묵히 쉬고 싶었다.

김이 문을 열어주며 그를 반겼다. 언제나처럼 환한 웃음이었다. 조는 김과 박에게 차례로 손을 흔들었다. 박은 유쾌한 표정을 짓고 있었다. 조는 늦어서 미안하다고 너스레를 떨며 김의 왼쪽 옆에 앉았다.

"그래, 일주일간 어떻게 지냈어요?"

조가 김과 박을 번갈아 바라보며 물었다. 박은 여전히 바빴지만 잘 지낸 편이라고 대답하고 담배에 불을 붙였다. 김은 몸살이 날 지경이라고 대답했다. 조는 고개를 끄덕이며 우리 나이에는 바쁜 게 제일 좋은 거라고 응수했다. 김이 조에게 장사는 어땠느냐고 물었다.

"사람들이 닭만 먹는지 일주일 내내 닭만 튀겼어요."

조가 웃으며 대꾸했다. 그들은 서로 얼굴을 마주보고 웃음을 나눴다. 그렇게 웃어보는 게 딱 일주일 만인 것 같았다. 비로소 일주일이 끝난 느낌이었다. 김이 상기된 표정으로 카드를 돌렸다.

분실물

박은 가방 손잡이를 꼭 쥐었다. 오늘따라 전철 안이 더 붐볐다. 이럴 줄 알았으면 좀 서두르는 건데 그랬다. 길이 막히더라도 택시를 타는 편이 좋았을 거라는 생각도 했다. 가방 때문이었다. 가방 안에는 서류가 들어 있었다. 서류는 메모리카드와 함께 끝이 구겨지지 않도록 봉투에 넣었다. 출근하는 길로 송에게 건넬 참이었다. 서류를 받아든 송의 표정이 궁금해졌다. 이걸 어떻게 전하는 게 좋을까? 박은 사람들에게 떠밀려 안쪽으로 들어가며 생각했다. 무엇보다 강이 알아채지 못해야 한다. 강은 송과 사이가 좋지 않았다. 괜한 오해를 받을 필요는 없었다. 박은 가방을 쥔 손에 힘을 주었다. 가방끈은 실밥이 다 뜯겨 너덜거렸다. 끈이 떨어져 몸체를 잃어버리면 어쩌나 하는 걱정이 들 정도였다. 진작 가방을 사지 않은 것이 후회됐다. 중요한 서류를 담기에 가방이 너무 볼품없어 보였다. 누군가 박을 밀치며 출입구 쪽으로 빠져나갔다. 박은 무리에 휩쓸리지 않도록 주의하면서 힘을 주어 가방을 잡았다. 환승역을 지나칠 무렵에 간신히 자리가 났다. 박이 앞에 선 사람을 밀치고 자리에 앉았다. 가방은 꼭 다문 허벅지 위에 올려놓았다.

앉고 싶을 만큼 피곤하지는 않았다. 간밤에 한숨도 자지 못했지만 오히려 다른 날보다 상쾌한 기분이었다. 드디어 송이 지시한 일을 끝냈기 때문이었다. 이제 인사 공지를 기다리는 일만 남았다. 앞에 선 사람이 불쾌한 표정으로 박을 쳐다봤다. 박은 그 사람의 시선을 피하고자 신문을 펴들었다. 신문에는 간밤의 지진 얘기가 크게 보도되어 있었다. 관측 사상 여덟번째 강진이라고 했다. 아파트 외벽에 금이 가고 진열대 물건들이 우르르 쏟아질 정도의 진동이 있었다. 진원지와는 다소 거리가 있지만 박이 사는 도시에서도 느낄 수 있는 규모였다. 간밤에는 송의 일로 정신이 없었다. 땅의 흔들림은 의식하지 못했다. 알았다 하더라도 요사이 계속되는 현기증 때문이라고 생각했을 것이다. 지난밤 박은 정리를 끝낸 서류를 봉투에 넣었다가 다시 꺼내기를 반복했다. 수십 번 검토했지만 오류가 있을지도 몰랐다. 서류에 쓰인 모든 숫자를 몇 번이고 다시 검산했다. 송은 성질이 급했다. 오류를 발견하면 소리부터 질렀다. 이런 간단한 실수도 못 찾아내나? 송의 찌푸린 얼굴이 눈에 선했다.

요즘 너무 무리하는 거 아니야?

박에게 가방을 건네며 아내가 물었다. 박은 핏발이 선 눈으로 아내의 얼굴을 빤히 쳐다보았다. 아내에게서 젖먹이 냄새가 났다. 아내는 다른 집 갓난아기를 보살폈다. 아기 엄마가 직장에 나가 있는 동안 봐주었다. 믿을 만한지 갓난아기를 봐달라는 아파트 단지 여자들의 청이 끊이지 않았다. 제 아기를 낳아 길러본 적 없는 아내는 유모 노릇을 오래 해서인지 제법 아기 엄마 태가 났다. 간혹 박이 퇴근할 때까지 아기가 집에 남아 있을 때도 있었다. 아기는 박을 보면 낯설어서인지 울음을 터뜨리곤 했다. 갓난아기 때문에 감도는 집안의 훈기도 답답할 지경이었다.

애기 좀 안 볼 수 없어?

박이 물었다.

심심하지도 않고 돈도 벌어서 좋다니까. 정 싫으면 당신 승진할 때까지만 본다고 했잖아.

아내가 박을 배웅하며 말했다. 박은 대꾸 없이 엘리베이터에 올라탔다. 아내가 일을 하려는 게 생활비가 부족해서인지 무료해서인지 알 수 없었다. 엘리베이터 벽면 거울에 핏발이 서고 까칠한 얼굴의 사내가 담겨 있었다. 박이 물끄러미 그를 바라보았다. 거울 속의 사내가 계면쩍은 듯 가방을 쥔 손에 힘을 주었다.

송이 박을 부른 것은 지난주였다. 박은 김에게 전갈을 받았다.

송의 호출이야.

김이 비밀을 전하듯 귓가에 대고 속삭였다. 박은 허둥지둥 메모할 노트를 챙겼다. 김이 박의 어깨를 살짝 토닥였다. 이건 뭐지? 박을 불안하게 하는 것은 갑작스런 송의 호출보다 김의 토닥거림이었다. 박은 보폭이 큰 걸음으로 송의 방으로 갔다.

이리로 앉게.

송이 눈짓으로 검은색 가죽소파를 가리키고는 문으로 걸어가 자물쇠의 잠금장치를 눌렀다. 딸각하는 소리가 유난히 크게 울렸다. 박은 슬며시 손을 맞잡았다. 뭔가 잘못한 게 틀림없어. 이전에 송에게 결재 올렸던 서류들이 떠올랐다. 박은 그다지 꼼꼼하지 못했다. 회계 관련 일이 잘 맞지 않는 것 같았다.

송이 천천히 박의 맞은편에 앉았다. 송은 화가 나면 부하 직원에게 손에 잡히는 대로 물건을 집어던진다는 소문이 있었다. 박은 얼른 주변 물건을 살폈다. 크리스털 재떨이와 연필꽂이, 검은 결재 파일, 전화기 등 던질 만한 물건들이 널려 있었다. 수치가 틀린 보고서 때문에 화가 난 나머지 부하 직원의 손등을 볼펜으로 찍었다는 말도 있었다. 옆 부서의 최가 한 말이었다. 최는 다소 과장이 심했다. 그런데도 박은 슬쩍 손등을 쓰다듬었다. 두 손을 깍지 낀 송이 상체를 내밀고 박에게 가까이 다가오라는 손짓을 했다. 박은 소파 끝에 걸터앉았다.

자네도 알다시피 곧 조직개편이 있네.

박은 숨을 참고 고개를 끄덕였다. 송에게서 심한 구취가 났다.

이번에 자네를 팀장으로 추천할 생각이야.

송이 박을 쳐다보았다. 박은 주눅든 학생처럼 두 손을 가지런히 하고 다리를 모았다.

빠른 게 아니란 건 알아.

박은 살짝 고개를 수그렸다. 동기들 대부분은 이미 팀장이 되어 있었다.

너무 늦진 말아야 하잖아.

이번에는 공감한다는 듯이 고개를 끄덕였다. 사무원이라면 무슨 일이든 제일 잘해서도 안 되지만 그렇다고 제일 못해서도 안 되었다. 이번에 누락되면 후배들에게도 밀릴 터였다. 송이 서랍에서 두꺼운 자료 뭉치를 꺼냈다.

그래서 말인데 이 일을 좀 급히 처리해주게.

박은 숨을 참고 자료를 훑어보았다.

약간의 요령이 필요한 일이야.

잠깐 자료를 훑어보는 것만으로도 송이 어떤 종류의 일을 부탁하는지 알아차렸다. 자금의 흐름과 관련된 것이었다. 그런 종류의 일이 대개 그렇듯 합법적인 게 아니었다.

알다시피 이런 일은 아무한테나 맡기지 않아.

그 말에 울컥 서러운 기분이 들었다. 박은 사실 이제껏 '아무' 취급이나 받아왔다.

부서를 돕는 일이고 더 크게는 회사를 키우는 일이니까, 안심해. 할 수 있겠나?

박은 자료를 보는 척 고개를 수그렸다. 실은 뭐라고 대답하면 좋을지 궁리하고 있었다. 가능한 대답은 단 하나였다. 애초부터 하지 않겠다는 대답은 존재하지 않았다. 그러니 중요한 건 대답이 아니라 대답할 때까지 걸리는 시간이었다. 대답이 늦어질수록 기꺼운 느낌이 들지 않을 것이다.

물론입니다.

목구멍에 고여 있던 박의 목소리가 잔뜩 갈라져서 새어나왔다. 송이 박을 빤히 쳐다보았다.

물론이라면 하겠다는 건가?

박이 고개를 크게 끄덕였다. 목소리가 탁하게 갈라진 게 마음에 걸렸다. 뜻하지 않게 뜸을 들인 것도 마음에 걸렸다.

자네라면 흔쾌히 도울 줄 알았네.

송이 싱겁게 자리에서 일어섰다. 박은 자료를 챙겨 따라 일어섰다. 문을 나서는 박의 어깨를 송이 두드렸다.

열심히 해보겠습니다.

송의 손짓에 추임새를 넣듯 박이 대꾸했다.

이건 아주 중요한 일이네. 무슨 뜻인지 알겠나?

박이 문가에 선 채 고개를 끄덕였다. 중요한 일이니까 맡게 된 걸 행운으로 알라는 것인지, 그래서 특별히 그에게 맡겼다는 신뢰의 표시인지, 아니면 누구에게도 발설하지 말라는 경고인지 헷갈렸다.

자네는 입이 무거운 편이지?

송이 목소리를 낮췄다. 박은 다시 한번 고개를 끄덕였다. 중요한 것은 입을 다무는 거였다. 김이 송의 방을 나서는 박에게 눈짓했다. 박은 못 본 척 고개를 돌렸다. 김은 뭔가 알고 있는 게 틀림없었다. 느닷없는 토닥거림과 눈짓이 그걸 말해주었다. 그는 이미 여러 번 이런 일을 했던 걸까? 계속되는 승급이 그 때문일까? 그렇다면 김에게 이번 일을 털어놔도 될까? 박은 어지럽혀진 책상 위를 정리하는 척 생각에 잠겼다. 입이 무거우냐고 묻던 송의 목소리가 떠올랐다. 박은 김에게 털어놓으려던 생각을 떨쳐버렸다.

박에게는 송이 언제까지고 자신을 부르지 않을 거라는 두려움이 있었다. 그 두려움 앞에서 송과 단둘이 마주했을 때의 기분을 상상하곤 했다. 좋다기보다는 불쾌할 것 같았고 불쾌하다기보다는 역겨울 것 같았다. 그중 어떤 게 더 견디기 어려울지 가늠하는 와중에 박은 자신이 송을 비열한 협잡꾼으로 여긴다는 걸 깨달았다. 그걸 깨닫자마자 송 역시 그것을 눈치챈 것이 아닐까 불안해졌다. 송에게 자신은 기꺼이 그의 손을 잡고 싶으며 그보다 더한 일도 할 수 있다고 말해주고 싶었다. 그는 송의 방을 힐끗 쳐다보는 것으로 그 말을 삼켰다. 농담이 아닌 바에야 하지 않는 게 나았다. 박은 농담을 꺼리는 편이었다. 농담이 진담으로 받아들여질까봐 겁이 나서였다. 말이 괜한 오해를 불러오는 걸 지켜보느니 침묵하는 쪽을 택했다. 그러다보니 늘 진지하고 완고해 보여서 사람들과 쉽게 친해지지 못했다. 상사들에게는 더욱 그랬다. 그 때문에 상사들은 박을 불편해했다. 박은 자신이 성실하기는 하지만 뛰어나지 못하다는 걸 알고 있었다. 그는 자주 강에게 핀잔을 들었다. 기획서는 반려되기 일쑤였다. 회의 시간에 제시하는 의견은 번번이 송에게 무시당했다.

박은 이 일을 깔끔하게 마무리함으로써 그간의 무능을 씻어버리자고 다짐했다. 승진은 박의 가치가 당분간 유효하다는 조직의 승인이나 다름없었다. 아내는 약속대로 갓난아기 돌보는 일을 그만둘 터였다. 가습기와 난방이 만들어낸 집안의 숨막히는 훈기도 사그라질 것이다. 박은 갓난아기가 있는 집에 돌아가기 싫어 야근을 자청하곤 했다. 승진이 되면 공연한 야근을 하지 않아도 될 테니 바람이 선선할 무렵이면 아내와 함께 밤 산책을 다닐 것이다. 박은 흐뭇한 얼굴로 송이 건네준 자료 뭉치를 가방에 챙겨넣었다.

며칠간 밤을 새우다시피 하면서 송이 부탁한 일을 했다. 일은 쉽게 끝나지 않았다. 잠을 자지 못하는 날이 이어졌다. 어쩌다 깊게 잠이 든 날에는 별안간 들리는 아기 울음소리 때문에 잠이 깼다. 아기는 이미 제집으로 돌아간 후였다. 박은 정신없이 자고 있는 아내를 바라보았다. 아내는 갓난아기처럼 주먹을 꼭 쥔 채 옹알이 같은 잠꼬대를 내뱉었다. 박은 일어나 다시 서류를 작성하는 일에 매달렸다. 피곤했으므로 사무실에서는 점점 말을 잃어갔다.

자네 너무 과묵해진 거 아니야?

김이 물었다.

그러게요. 요새 무슨 일 있으신 것 같아요.

옆자리 한이 거들었다.

그냥 좀 피곤하네.

박이 하품을 했다.

송의 일이 원래 그래.

김이 말했다. 박을 위로하는 투였다. 한이 고개를 끄덕였다.

저도 그런 말 많이 들었어요. 힘내세요.

박은 두 사람의 섣부른 위로가 거슬렸다.

자네들이 뭘 안다고 그래. 보통 까다로운 일이 아닌데.

김과 한이 머쓱한 얼굴로 제자리로 돌아갔다.

정차역을 알리는 안내방송이 들려왔다. 잠에서 깨어난 박이 막 닫히려는 출입문을 향해 서둘러 뛰어나갔다. 잠깐의 단잠으로 오히려 더 피곤해졌다. 내딛는 걸음이 무거웠다. 개찰구로 올라가는 사람들의 뒤통수 위로 김의 머쓱한 표정이 어른거렸다.

도대체 피곤해서 살 수가 없어.

박이 잠 묻은 목소리로 중얼거렸다. 송의 일이 원래 그래. 어디선가 김의 목소리가 들리는 것 같았다. 박은 그 말에 동의하듯 손에 힘을 주었다. 뭔가가 바스락거리며 구겨지는 소리가 들렸다.

신문지였다. 가방은 없었다.

역무실 직원은 박이 내린 전철을 추적해 연락을 취했지만 전철에는 가방이 없다고 했다. 가방을 두고 내린 것인지, 잠든 사이 누군가 들고 간 것인지 알 수 없었다. 역내 분실물 센터에 신고한 후 곧장 인근 관할 경찰서로 갔다. 경찰서로 가는 도중 몇 번이고 발을 헛디뎠다. 불쑥 땅이 흔들리며 눈앞으로 치솟아올랐다. 땅이 흔들린 것인지 머리가 흔들린 것인지 알 수 없었다. 간밤의 강진에 이어 여진이 시작되는 건지도 몰랐다. 박이 신경질적으로 관자놀이를 눌렀다.

그런 건 분실물 센터에나 신고하세요.

복장이 단정치 않은 경찰이 말했다.

자고 있는 사이 누군가 가방을 들고 갔습니다. 도난이라면 경찰이 할 일 아닙니까?

박이 계속되는 두통으로 인상을 썼다. 경찰은 할 수 없다는 듯 검은 노트를 펴고 가방의 생김새를 물었다. 끈이 닳고 흠집이 많은 가방이라고 하자 경찰은 그런 가방을 누가 훔쳐가겠냐며 핀잔을 주었다.

가방에 든 건 뭐예요?

경찰이 물었다.

서류가 있습니다, 서류요.

박이 소리치듯 대답했다. 잃어버린 것은 서류였다. 실밥이 뜯어져 끈이 끊어질 것 같은 가방 따위가 아니었다.

또 뭐가 있습니까?

서류만 찾으면 됩니다. 그게 급합니다.

박의 대답에 경찰이 짜증스럽게 대꾸했다.

가방 안에 든 걸 죄다 말씀하셔야 나중에 가방이 돌아오더라도 확인하고 드릴 수 있잖아요.

박은 가방 안에 뭐가 들었는지 떠올리려 애썼다. 결혼반지가 있을지도 몰랐다. 아내의 성화에 못 이겨 매일 아침 결혼반지를 끼고 나왔다. 어떤 날은 엘리베이터 안에서 반지를 빼 가방에 넣었다. 주머니에 넣어두는 날도 있었다. 습관적인 행동이어서 정확히 기억나지 않았다. 박은 바지 주머니를 뒤졌다. 오래된 신용카드 전표가 한 장 나왔다. 어쩌면 서류에만 신경쓴 나머지 오늘은 반지를 끼지 않았을 수도 있었다. 반지는 화장대 위에 올려져 있을지도 몰랐다. 얼마 전에 맞춘 안경과 삼 년째 사용해오던 가죽 수첩도 가방 안에 있을 것이다. 확실하지는 않았다. 그것들은 늘 박의 근처 어딘가에 있었지만 익숙해서 쉽게 찾아지지 않을 때가 더 많았다. 사무실 서랍 안이나 책상 위에 있을 수도 있었다. 서류를 잃었기 때문에 다른 물건은 대수롭지 않게 느껴졌다. 송은 어디에도 서류의 흔적을 남겨두지 말라고 지시했다. 그 말을 따라 컴퓨터에 저장된 서류를 메모리카드에 옮겼다. 메모리카드도 가방에 있었다. 박은 송의 지시를 곧이곧대로 새겨들은 자신의 소심함에 화가 났다.

출근시간이 지나 로비 엘리베이터 앞은 텅 비어 있었다. 박의 옆으로 한 사내가 다가와 섰다. 박은 초조하게 핸드폰을 들여다봤다. 분실물 센터나 경찰서에서 연락이 올 수도 있었다. 출근하는 길로 송에게 서류를 건네려던 생각은 물거품이 되었다. 송을 찾아가 지시한 업무를 제대로 할 수 없었다는 변명을 해야 했다. 다시 자료를 내어달라고 해야 할지도 몰랐다.

송은 오전이면 간부회의에 참석했다. 회의 내용이 그날 송의 기분을 좌우했다. 송의 기분이 좋다면 불가피하게 일이 늦어졌다는 얘기를 해볼 수도 있을 것이다. 자료를 내어준다면 밤을 새워서라도 일을 끝내리라. 어쩌면 그 말을 하기 전에 가방이 돌아올지도 모른다. 남의 물건에 함부로 손대지 않는 사람들이 세상에는 얼마든지 있다. 게다가 서류는 숫자와 알아보기 힘든 코드로 구성되어 있었다. 누군가 가방을 주웠든 혹은 훔쳤든 그런 서류가 필요할 리 없었다. 똑같은 이유로 서류는 결국 쓰레깃더미 속에 내던져질지도 모른다. 쓰레깃더미 속에서 재활용으로 분류된 서류는 고물상의 손을 거쳐 군것질거리를 담는 종이봉투로 만들어질 것이다. 숫자와 코드가 빽빽이 적힌 서류가 온기가 남은 따뜻한 밀가루빵을 감쌀 것이다. 부서를 돕는 일이고, 더 크게는 회사를 키우는 일이 될 서류가 말이다. 그 생각에 박은 어이없는 웃음을 터뜨렸다.

엘리베이터에 같이 탄 사내가 박을 힐끔 쳐다보았다. 박은 웬일인지 웃음이 멈추질 않아 종내에는 낄낄거리기까지 했다.

사내가 박을 따라 사무실로 들어왔다. 김과 한, 심이 큰 소리로 인사를 했다. 박을 뒤따르던 사내가 손을 들어 답례한 후 송의 방으로 들어갔다. 박은 모니터를 보고 있는 김에게 물었다.

방금 저 사람, 누구야?

미쳤나?

김이 퉁명스럽게 대답하고 다시 모니터로 시선을 돌렸다. 박의 자리에서는 송의 방이 정면으로 보였다. 박은 유리창을 통해 송의 방에 들어간 사내가 의자에 앉는 것을 보았다. 사내는 곧 자리에서 일어나 테이블에 놓인 신문을 펼쳤다. 잠시 후에는 전화기 쪽으로 다가갔다. 한의 자리에 놓인 전화기에서 벨이 울렸다. 한이 서둘러 전화를 받았다.

네, 이사님. 네, 네, 알겠습니다.

한이 전화를 끊고 부리나케 송의 방으로 들어갔다. 잠시 후 사내가 창가에 나타났다. 박은 파티션 아래로 고개를 수그렸다. 고개를 들어보니 송의 방에 블라인드가 쳐져 있었다. 박은 사내가 송이라는 사실에 당황했다. 며칠 무리한 게 화근이었다. 서류를 들여다보는 내내 두통이 느껴졌고 그때마다 경미한 구역질이 일었다. 안경을 끼지 않아서인지도 모른다. 피곤한데다 잘 보이지 않아서 일시적으로 송을 알아보지 못했을 것이다.

박은 오전 내내 지하철 각 역사에 위치한 분실물 센터에 전화를 걸었다. 가방의 생김새를 대라는 질문을 받으면 잠시 망연해졌다. 늘 가지고 다니던 가방인데도 생김새는 물론 크기도 잘 기억나지 않았다. 너덜너덜한 끈이 어느 쪽인지 헛갈리기도 했다. 가방 안에 든 걸 말하라는 질문에 어떤 곳에는 단지 서류봉투가 하나 들어 있다고 말했고, 어떤 곳에는 현금이 든 지갑과 수첩, 반지, 서류가 들어 있다고 했다. 경찰서에도 전화를 걸었다. 하도 전화를 걸어서 경찰이 잃어버린 가방이나 찾으러 다닐 만큼 한가한 줄 아느냐는 면박을 들었다.

박은 잃어버린 가방을 찾을 수 없으리라는 불안과 자신이 송을 모른 척했다는 자책에 시달렸다. 그런 나머지 그날 중으로 반드시 마케팅 부서에 제출해야 하는 서류가 있다는 것을 잊었다. 마케팅 부서 직원은 퇴근 무렵에 전화를 걸어와 훈계조로 박의 무성의함을 비난했다. 거래처 직원을 만나기로 한 약속도 잊었다. 약속 시간이 한참 지난 후 거래처에서 걸려온 전화를 바꿔준 사람은 강이었다.

자네 오늘 약속이 얼마나 중요한지 몰랐어?

강이 박을 다그쳤다. 박은 고개를 수그렸다. 가방을 잃어버렸다는 변명을 하려다 관뒀다. 얘기 끝에 가방 안에 송에게 부탁받은 서류가 있다고 털어놓을지도 몰랐다. 강이 한숨을 쉬며 박을 돌려보냈다.

밥 먹는 건 까먹지 않는 놈이 꼭 저런 걸 잊어버려.

화가 난 강의 중얼거림이 박의 귀에 또렷이 들렸다. 자리에 앉은 박은 송의 얼굴을 떠올리려 애썼다. 간신히 떠올린 것은 송에게서 나는 심한 구취였다.

다음날 아침이 되어서도 송의 얼굴은 여전히 떠오르지 않았다. 박은 자신이 본래 사람의 얼굴을 잘 기억하지 못한다고 생각하려 애썼다.

결혼반지는 어쨌어?

아내가 출근하는 박에게 물었다. 반지는 아무래도 가방에 들어 있었던 모양이었다.

지금 반지가 대수야.

박이 짜증스럽게 대꾸했다. 서류 얘기를 하자니 두통이 밀려왔다. 두통 때문에 박은 더욱 얼굴을 찌푸렸다. 두통은 만성이 되어버렸다. 아내가 어이없다는 듯 그를 쳐다봤다. 박은 화가 난 아내를 모른 척하고 현관문을 닫았다.

사무실에 가는 내내 분실물 센터에 전화를 걸었다. 전화는 자주 끊겼고 어렵게 연결되더라도 감이 좋지 않았다. 가방은 돌아오지 않았다. 가방이 분실물로 접수되었다면 먼저 연락이 왔을 것이다. 더 늦기 전에 서류를 잃어버린 사실을 송에게 털어놔야 했다.

한 사내가 손을 흔들며 박에게 다가왔다. 박은 그를 알아보려고 눈을 찡그렸다. 박의 앞에는 점이 많고 얼굴이 까만 사내가 서 있었다. 사내가 가까이 다가와 어디 아프냐고 물었다. 끝을 올리는 말투였다. 그제야 박은 사내가 김인 걸 알아봤다. 송과 김을 알아보지 못한 것은 두통 탓이었다. 안경을 쓰지 않아서인지도 몰랐다. 근시를 교정해주면 괜찮아질까. 박은 괜히 미안해져서 지진 얘기로 화제를 돌렸다. 김은 지반이 흔들리는 걸 의식도 못했다고 대꾸했다. 박은 땅의 흔들림에 둔감했던 사람이 자기 혼자가 아니라는 사실에 안도하며 얼굴 모르는 김을 향해 웃어주었다.

오전에는 거래처에 갔다. 사무실 입구에서 회의실로 박을 안내한 사람은 둘이었다. 박은 둘의 얼굴을 구별할 수 없어 당황했다. 어제는 송을, 오늘은 김과 거래처 사람들의 얼굴을 잊었다. 이러다가 자기 얼굴마저 잊게 되는 건 아닐까.

박은 필사적으로 둘을 구별하려 애썼다. 지난 팔 년간 그들과 거래해왔다. 결혼식은 물론 아기 돌잔치에도 참석했다. 새삼스럽게 이름을 물을 수는 없었다. 박은 당황한 기색을 감추려고 애써 웃었다. 어색하게 웃는 얼굴로 어제 약속을 지키지 못한 것을 사과했고, 부득이하게 거래단가를 조정해야 하는 상황을 설명했다. 다행스럽게도 얘기를 나누는 도중 그 둘을 구별할 수 있게 되었다. 한 사람은 계속 큼큼거리는 버릇이 있었다. 비염이 있어서 골치를 앓는 사람이 권이었다. 나머지 한 사람이 정이었다. 앉은 키가 권보다 컸다. 박은 얼굴을 구별할 수 없는 권과 정에게 원가를 상향 조정하지 않으면 거래를 지속하기 힘들다는 말을 이어나갔다. 그들은 현재의 원가가 합리적인 시장가격이라는 설명을 되풀이했다. 박은 잃어버린 서류를 생각하느라 종종 말을 놓쳐 건성으로 고개를 끄덕였다. 처음과 달리 얼굴을 모르는 게 별문제가 되지는 않았다. 그들은 사무적인 태도로 이야기를 나눴으며, 간혹 굳은 분위기를 풀려고 화제를 돌렸다. 여러 이야기를 나누던 중 박은 도시에서 일어난 지진 얘기를 여섯 번이나 했다. 네번째 같은 말을 했을 때 권과 정은 박을 보며 잠시 고개를 갸웃거렸으나 이내 살짝 웃었다. 박은 같은 말을 반복하고 있다는 것을 의식하지 못하고 다시 되풀이했다. 두 사람은 자신들 역시 지진이 일어난 줄 몰랐다고 대답했다.

거래 가격에 대한 합의는 이루어지지 않았다. 박은 물론이고 권과 정에게도 결정권이 없었다. 박은 다른 때와 마찬가지로 상사와 상의해 결정하겠다며 회의를 마쳤다. 회의실을 빠져나가기 직전에 박은 다시 지진 얘기를 꺼냈다.

지난번 지진 말이죠.

둘은 약속이나 한 듯 좌우로 고개를 저었다.

꽤 강진이던데 뉴스를 보고서야 알았습니다.

세 사람은 무엇 때문인지 알 수 없는 깊은 한숨을 교환한 후에 회의실을 나섰다.

사무실로 돌아온 박은 마케팅 부서에 제출할 보고서를 작성했다. 고개를 들면 송의 방이 보였고, 그러면 잃어버린 서류 생각이 났다. 송은 대개 손님과 같이 있었다. 혼자 있을 때는 전화통화를 하거나 모니터를 들여다보고 있었다. 의자에 가만히 앉아 잠을 잘 때도 있었다. 간부회의가 끝나고 돌아오면 신문을 구겨버리거나 문을 발로 찼다. 그러면 선뜻 들어가서 서류를 잃어버렸다고 말하기가 겁났다. 기분이 좋아 보일 때도 마찬가지였다. 잃어버린 서류로 송의 기분을 망치고 싶지 않았다.

박은 자주 분실물 센터에 전화를 걸었다. 센터 직원은 시간이 지날수록 가방을 찾기 어렵다고 말했다.

애당초 그럴 마음이 있었다면 벌써 갖다줬을 겁니다.

센터 직원이 포기하라는 듯이 말했다.

동료들은 자주 박에게 와서 도대체 잃어버린 물건이 뭐냐고 물었다. 박은 떠오르는 대로 아무거나 말했다. 최에게는 집문서를 잃어버렸다고 했다. 깜짝 놀란 최가 그런 걸 왜 갖고 다녔냐고 물어 아파트를 매매할 생각이었다고 대꾸했다. 최는 문서를 잃어버렸다고 집을 잃어버린 건 아니니 걱정 말라는 위로를 남겼다. 심에게는 산 지 열흘도 안 된 노트북을 잃어버렸다고 했다. 뭔가를 잃어버렸다고 말하면 정말로 그것을 잃어버린 듯 생각되었다.

그러게 조심 좀 하지.

그들은 약속이나 한 듯 말끝에 간단히 잔소리를 했다.

그러게 조심 좀 할걸.

박이 그들을 따라 중얼거렸다.

아내는 계속 아기를 돌보겠다고 고집을 피울 것이다. 집안의 훈기는 가시지 않을 것이다. 환청으로 들리는 아기 울음소리도 점점 심해질 것이다. 우는 아기를 달래는 아내를 보면 아내가 어르는 게 아기가 아닐지도 모른다는 생각에 겁이 나기도 했다. 무엇보다 박은 서류를 잃어버림으로써 자신이 쓸모없다는 생각에 시달렸다. 박은 사무원 생활을 좋아했다. 하루는 규칙적이며 단조롭고 반복적이었다. 한 주일이나 한 달 혹은 한 해도 마찬가지였다. 되풀이되는 일상은 박에게 무엇을 위해 일을 하는 것인지, 결국 자신이 원한 것은 무엇이었는지, 처음부터 그런 게 있기나 했는지, 이다음에는 무엇이 있는지 등에 대해 질문을 남기지 않았다. 그는 단지 시간에 맞춰 일을 시작하고 식욕과 관계없이 순서에 따라 밥을 먹었으며 산적해 있는 잡다한 일을 처리하려고 시간을 쪼갰다. 그러면서 박은 자신과 같이 순응적이고 성실한 사무원이 결국 조직을 지탱하고 발전시킨다는 신념을 갖기도 했다.

다른 사람의 얼굴을 잘 기억하지 못하게 된 후에는 사무실에 박혀 있는 시간이 늘었다. 사무실에서는 누군가를 힘들여 구별하지 않아도 되었다. 얼굴을 잊어 곤란할 일도 없었다. 모두에게는 정해진 자리가 있었다. 얼굴이 떠오르지 않거나 헛갈릴 때는 슬그머니 누군가의 자리로 다가가면 됐다. 자리 배치가 안 된 회의실에 앉거나 휴게실에서 커피를 마실 때, 복도에서 누군가와 마주칠 때면 곤란한 일이 생기지 않도록 주의했다. 남자 사원들은 정갈한 흰색 와이셔츠에 남색이나 밤색 넥타이를 매서 멀리서 보면 모두 비슷해 보였다. 유니폼을 입는 사원들은 더욱 구별하기 어려웠다. 그들은 거의 비슷한 머리 모양을 했고 비슷한 형태의 눈에 안 띄는 액세서리를 착용했다.

박은 점차 말투나 안경테 모양, 머리숱, 냄새 같은 것으로 사람을 구별하게 되었다. 점이 많아 얼굴이 검게 보이는 사람이 김이었다. 김은 사무실에서 돌기가 촘촘히 박힌 지압 슬리퍼를 신었다. 슬리퍼는 바닥에 닿을 때마다 뭔가 후려치는 소리를 냈다. 몸이 길쭉하고 힘없이 작게 말하는 사람은 최였다. 그는 숱이 많은 곱슬머리에 새치가 있었다. 검은 테 안경을 낀 심에게서는 늘 담배 냄새가 났다. 강에게서 나는 담배 냄새보다 심에게서 나는 담배 냄새가 민트 향이 심했다. 강은 부인이 아들과 함께 외국에 나가 있어서 늘 구겨진 와이셔츠를 입고 다녔다. 그에게서는 오래된 빨랫감 냄새가 풍겼다. 박은 냄새나 목소리만으로 구별되는 동료들과 마주앉아 사소한 농담을 주고받았고 간혹 눈살을 찌푸리며 강이나 송을 비난하는 무리에 휩쓸리기도 했다. 얼굴을 알아보지 못해 상대방의 이름을 잘못 말할 때도 있었으나 누군가의 이름을 잘못 말하는 것은 흔한 실수였으므로 박의 실수가 두드러지지는 않았다.

박은 점심을 먹고 돌아오는 길에 지난번 강진을 아무도 의식하지 못한 게 이상하지 않으냐고 한과 최에게 물었다. 한은 지진 발생 가능성을 생각하지 못해서라고 대답했다. 최는 오히려 그걸 지진이라고 감지하는 사람들이 신기하지 않으냐고 반문했다. 박은 과연 그런 것 같다고 대꾸했다. 박의 대답에 반응하듯 핸드폰이 울렸다.

바쁜가?

송이었다.

아닙니다.

박의 목소리가 지나치게 커졌다. 그 소리에 누군가 어두운 표정으로 박을 쳐다봤다. 박은 얼굴을 구별할 수 없는 게 처음으로 두렵게 느껴졌다. 어디선가 여진이 계속되고 있는데도 여전히 알아채지 못하는 기분이었다.

송의 방으로 가는 박을 누군가 쳐다보며 걱정스러운 듯 물었다.

무슨 일 있으세요?

박은 서둘러 걸음을 옮기느라 그가 누군지 알아보지 못했다. 이전에 박의 어깨를 토닥여줬던 김일 수도 있고 한일 수도 있었다.

송의 방에는 한 사람뿐이었다. 다행이었다.

그간 바빴나?

송이 물었다. 박은 그에게 몸을 가까이 기울였다. 구취가 풍겼다.

아닙니다.

박이 고개를 저었다.

알았어. 나가봐.

한참 만에 송이 대답했다. 박은 천천히 자리에서 일어서며 슬쩍 송을 보았다. 지금이라도 서류를 잃어버렸다고 말하는 것이 좋지 않을까? 송이 굳은 얼굴로 전화기에 손을 뻗고 있었다. 박은 조심스럽게 문을 닫았다. 문이 박의 심장처럼 조용히 흔들렸다.

가방을 가지러 간 센터 직원 뒤로 분실물들이 줄을 지어 선반 가득 널려 있었다. 한때 누군가에게 무척 소중했을 그것들은 쓰레기처럼 더럽고 누추해 보였다. 센터 직원이 아래쪽 선반에서 박의 가방을 꺼내 왔다. 낡은 끈이 간신히 몸체를 지탱하고 있었다. 가방은 간밤에 역구내 화장실에서 발견되었다. 박의 사무실이 있는 역에서 일곱 정거장 떨어진 역이었다. 가방에서는 소독약 냄새가 났다. 화장실 쓰레기통에 처박혀 있었다고 했다.

도대체 화장실 청소를 얼마 만에 하길래 이제야 찾습니까?

박이 버럭 소리를 질렀다. 센터 직원이 어이없다는 표정을 지었다. 박은 텅 빈 가방을 들고 터덜거리며 회사로 돌아왔다. 집으로 가자니 갓난아기가 있을 것 같았다.

모두가 퇴근하고 난 사무실은 고요했다. 박의 발소리가 텅 빈 사무실에 울렸다. 퇴근 무렵에 인사 공지가 있었다. 한이 승진 대상자였다. 강은 승급이 되어 다른 부서로 이동하게 되었다. 인사 공지로 뒤숭숭한 분위기를 의식한 송이 회식을 제안했다. 한과 강이 쑥스러워하며 한턱내겠다고 분위기를 띄웠다. 지금쯤이면 모두들 술에 취해 즐거운 듯 박수를 치며 노래를 부르고 있을 것이다. 모두가 정말로 즐거워할지도 모른다는 생각에 슬며시 불안해지기도 했다.

박은 의자에 주저앉았다. 끈이 닳은 검정 가방을 들어보았다. 손잡이가 낡기는 했지만 손아귀에 꼭 들어맞았다. 가방이 발견되지 않았다면 좋았을 것이다. 그랬다면 언젠가 서류가 나타나리라 기대할 수 있었다.

박은 사무실 쓰레기통에 빈 가방을 쑤셔넣었다. 서류는 어딘가에 버려졌다. 송과 박을 제외한 누구에게도 필요 없는 서류였다. 송에게 사실을 말해봤자 소용없었다. 송에게는 부하 직원이 많았다. 그들은 언제라도 송의 지시를 따랐다. 울음이 터질 것 같은 기분 속에서 박은 문득 송의 얼굴을 떠올렸다. 입을 다물고 눈살을 찌푸린 것이 틀림없는 송의 얼굴이었다. 박은 기억 속에 떠오르는 얼굴을 잊지 않으려고 메모지를 꺼냈다. 박은 그림 솜씨가 좋지 않았다. 그림만으로는 누군지 알아볼 수 없었다. 이번에는 얼굴의 특징을 적었다. 기억 속의 얼굴이 점점 흐려졌다. 눈이 작고 약간 치켜 올라갔음, 이마가 좁은 편, 콧대는 높지만 콧구멍이 조금 큰 편, 휘어진 콧날, 입술이 처져 화가 난 듯이 보임. 메모를 한참 들여다보았다. 그것만으로는 송인지 확신할 수 없었다.

박은 불쑥 송에게 전화를 걸었다. 한참 신호음이 울린 후에 송이 전화를 받았다. 시끄러운 노랫소리가 들려왔다.

가방을 잃어버렸습니다.

박이 소리쳤다.

뭐라고?

송이 크게 되물었다. 박이 좀더 큰 목소리로 말했다. 송이 아무런 대꾸를 하지 않았다. 박은 그제야 괜한 짓을 했다고 후회했다.

무슨 가방인가?

한참 만에야 송이 되물었다. 박은 끈이 너덜거리는 검정 가방이라고 말했다.

여기저기 긁힌 자국이 있습니다. 잠금장치가 망가져서 잘 잠기지 않습니다. 자고 있는 사이 누군가 가방을 들고 갔습니다.

횡설수설 말을 이었다.

누가 훔쳐갔나?

송이 물었다. 누군가 새로운 노래를 부르기 시작했다. 여러 명의 웃음소리도 들렸다.

도난당한 게 아니라 제가 가방을 두고 내린 겁니다.

송은 아무 말도 하지 않았다. 박은 가방 안에 서류가 있다고 말했다.

무슨 서류를 말하나?

송이 뜸을 들이다 되물었다. 박이 서류 내용을 두서없이 말했다. 송이 전화를 끊을까봐 초조해졌다. 핸드폰 너머로 송의 한숨

소리가 노랫소리에 섞여 들려왔다.

알겠네.

송이 전화를 끊으려 했다.

그런데 며칠 전 밤에 지진이 있었던 걸 아셨나요?

박이 전화가 끊길 것을 두려워하며 소리쳤다. 송이 아무런 대꾸 없이 전화를 끊었다. 박은 가만히 핸드폰을 내려놓았다.

소리가 사라진 사무실은 일순 적막해졌다. 박은 꼼짝 않고 의자에 앉아 있었다. 종이에 휘갈겨쓴 메모의 내용이 잘 보이지 않았다. 박은 눈을 감고 머릿속에 떠오르는 얼굴을 잠자코 지켜보았다. 지금 떠올린 얼굴이 메모지에 남긴 것과 같은 얼굴인지 알 수 없었다. 그는 송일 수도 있고 김일 수도 있었다. 거리에서 단 한 번 지나친 사람일 수도 있고, 텔레비전에서 본 배우의 얼굴일 수도 있었다. 어쩌면 박의 얼굴인지도 몰랐다. 희미하게 떠올린 얼굴 위로 어둠이 조금씩 번져나갔다. 박이 인상을 썼다. 두통이었다.

첫번째 기념일

그는 커다란 상자를 가슴께로 올려 안은 다음 천천히 아파트 입구로 들어섰다. 아파트는 등화관제 훈련을 하는 것처럼 죄다 불이 꺼져 있었다. 층수를 알리는 엘리베이터의 붉은 숫자가 점멸하면서 우편함에 반사되었다. 갖가지 전단지와 주인 없는 우편물, 빈 캔 따위로 가득찬 우편함 때문에 퇴거 기한이 임박한 아파트는 벌써 철거가 진행중인 것처럼 보였다.

그는 계단 쪽으로 몸을 돌렸다. 엘리베이터는 타지 않는 게 상책이었다. 전기 공급이 불안정해지면서 정전이 잦았다. 배달물과 함께 엘리베이터에 갇힌 적도 있었다. 아무리 비상벨을 눌러도 관리인은 나타나지 않았다. 차라리 철거용역회사 직원이 도착하기를 기다리는 게 빠를 것 같았다. 그는 엘리베이터가 추락하지 않기를 바라면서 지쳐 잠이 들었다. 전기 공급은 다음날 오전에야 정상으로 돌아왔다.

어두운 계단을 오를 때면 상체와 하체가 분리되는 마술을 하는 기분이 들었다. 계단의 윤곽을 살피려고 눈을 부릅뜨는 와중에도 다리는 보폭에 맞게 벌어졌다. 그는 이 아파트의 층과 층을 잇는 계단 수가 몇 개인지, 계단 폭은 얼마인지, 자전거가 버려진 비상구는 몇 층인지 다 알고 있었다. 그런데도 종종 쓰레깃더미에 걸려 발을 헛디뎠다. 날이 갈수록 비상구에는 쓰레기가 늘었다.

오층으로 올라가는 계단에 걸터앉았다. 등이 모두 꺼진 계단은 어두컴컴했다. 기다란 상자에 담긴 마지막 배달물을 흔들어보았다. 상자에서는 아무 소리도 나지 않았다. 냄새도 나지 않았고 국물이 흐른 자국도 없었다. 그가 지나간 자리마다 붉은 국물이 점점이 떨어져 있는 날도 있었다. 국물은 입고 있던 베이지색 면바지에도 얼룩과 냄새를 남겼다. 바닥에 떨어진 국물 자국이 흐릿해지는 동안 그는 끊임없이 어두운 계단을 올랐다. 607호로는 일주일이 멀다 하고 물건이 배송되었다. 어떤 날은 김치였고 간장게장이었고 고추장이었다. 슈퍼마켓에서 흔하게 파는 라면을 배송한 적도 있었다. 샌들과 웨스턴 스타일의 가죽 부츠, 자루가 긴 스팀 청소기와 키 높이 운동화도 그가 배송해주었다. 607호 사람이 홈쇼핑이나 인터넷 쇼핑몰에서 주문한 물건은 여러 단계를 거쳐 그의 택배회사로 건네졌다.

어디에선가 콘크리트 가루를 머금은 바람이 불어왔다. 유원지 공사가 시작된 후로 도시에는 줄곧 그런 바람이 불었다. 유원지는 도시를 가로질러 흐르는 강을 사이에 두고 아파트와 마주보는 자리에 지어졌다. 공사는 지난 사 년간 계속되었다. 멀리서 보면 철거중인지 신축공사중인지 헛갈렸다. 타워크레인이 유원지를 알리는 간판처럼 늘어서 있고, 임시 현장사무실로 쓰는 컨테이너가 쓰레기통처럼 구석진 자리에 놓여 있었다. 노란 안전모를 쓴 인부들이 끊임없이 현장을 드나들고 트럭은 건축재 잔해를 조금씩 흘리며 유원지 인근 도로를 달렸다.

신축공사로 인한 소음과 먼지가 계속되었지만 꼭 유원지 때문은 아니었다. 도시는 어디에서나 공사가 진행되는 중이었다. 한 달 만에 건물이 솟고 며칠 만에 아파트가 철거되기도 했다. 주택단지는 차츰 아파트로 바뀌고 있었다. 공사 소음과 공사벽, 레미콘과 안전모를 쓴 인부의 모습은 늘 지나다니는 골목길처럼 익숙한 풍경을 이뤘다. 아파트가 완공되고 유원지가 개장된다고 해서 달라질 건 없었다. 어딘가에서는 건물이 점점 낡아갈 테고 그러면 건물주는 시세를 고려해 재건축을 추진할 것이다.

발부리에 차인 유리가 날카로운 소리를 내며 깨졌다. 그 소리에 놀란 고양이 한 마리가 어느 집에선가 뛰어나와 복도 끝으로 달아났다. 그는 상자를 내려놓고 숨을 골랐다. 호수를 가리키는 패가 떨어져나가 4호인지 5호인지 헛갈렸다. 그는 열린 문을 통해 집안을 들여다보았다. 남겨두고 간 세간과 쓰레기가 어둠 속에 얼룩처럼 보였다.

아파트는 리모델링될 예정이었다. 리모델링이라고 해서 그가 생각하는 것처럼 외벽을 바꾸고 말끔하게 페인트칠만 하는 것이 아니었다. 안내문에 따르면 골조와 기본 세대수를 빼고 모든 게 다 바뀔 예정이었다. 낡은 설비와 전기 시스템도 모두 교체된다고 했다. 처음 지어질 때만 해도 아파트는 전봇대와 함께 마을에서 가장 높이 솟은 것 중 하나였다. 인근 지역의 아파트 공사가 끝나고 입주가 시작되면 지은 지 이십구 년 된 이 아파트는 더 낡아 보일 것이다. 그는 물건을 배송하러 오면서 입주민들이 공사를 위해 속속 아파트를 떠나는 것을 목격했다. 그들은 간단한 살림으로 삼 년을 버틴 후 모든 것이 완전히 뒤바뀐 아파트에 재입주할 것이다.

607호 벨은 소리가 나지 않았다. 아파트 현관에 있을 때만 해도 엘리베이터 숫자가 점멸하고 있었는데 계단을 더듬어 육층까지 오는 사이 전기가 끊긴 모양이었다. 엘리베이터를 타지 않아 다행이라고 생각하며 철문을 두드렸다. 안에서는 아무 기척도 없었다.

계세요?

문에 바짝 얼굴을 들이대고 소리쳤다. 일 년 넘게 607호로 물건을 배송해왔다. 그동안 집주인이 없었던 적은 거의 없었다. 휴대전화를 꺼내어 송장에 적힌 번호로 전화를 걸었다. 철문 안쪽에서는 아무 소리도 들리지 않았다. 그는 휴대전화 불빛으로 송장에 적힌 품명을 읽었다. 고무나무 화분이었다. 함부로 상자를 들었다 놨다 하는 통에 화분이 깨진 건 아닌지 걱정되었다. 언젠가 배달한 화장품이 깨지는 바람에 주인에게 돈을 물어준 일이 있었다. 포장을 제대로 하지 않은 판매업자 책임이었지만 그가 배상했다.

복도에 상자를 두고 가기로 했다. 어차피 육층에는 607호만 남아 있었다. 다른 층에도 간혹 남은 세대가 있겠지만 그중에 복도에 놓인 상자를 들고 갈 사람은 없을 것이다. 복도에는 쓰레기뿐이고, 쓰레기 속에 섞여 있으면 화분이 든 상자도 쓰레기처럼 보일 테니까. 그렇게 생각하면서도 그는 상자를 안은 팔에 힘을 주었다. 나중에 607호로 오는 물건이 있다면 그때 함께 배송하면 될 일이었다. 그사이 나무가 죽는다고 해도 어쩔 수 없었다. 그는 다시 계단으로 향했다. 계단에서는 소각장같이 맵고 눅눅한 냄새가 났다.

집하소에 들르는 바람에 다른 때보다 일이 더 늦어졌다. 가급적 오후에 이 동네를 들르고 싶었지만 그럴 수 없었다. 주민들이 거의 떠난 터라 배송물이 많지 않았다. 게다가 아파트는 그가 맡은 다른 지역과 다소 떨어져 있었다. 집하소에서 물건을 찾아가려면 왔던 길을 되돌아가는 꼴이어서 체력소모도 많았다. 여러 번 동선을 조절하려 했으나 소용없었다. 집하소와 취급소, 광범위한 배송지역을 돌아다니다보면 일은 열시가 되도록 끝나지 않았다.

늦은 시간인데도 사진관은 불이 켜져 있었다. 문에 매달린 종이 울리자 내실에 있던 사진사가 나왔다. 사진사는 눈인사를 건네고는 곧장 사진기 앞으로 다가갔다. 사진사와 그는 초등학교 동창이었다. 그들은 이 도시에서 태어나 줄곧 여기서 살아왔다. 그가 알고 있는 이 도시 출신은 성장한 후 대부분 다른 도시로 떠났다. 떠나지 못한 무리는 살림을 꾸리고 일거리를 찾거나 장사를 시작했다. 그들은 신도시 개발에 기대를 걸고 있었다. 사진사 역시 그런 무리 중 하나였다. 그도 마찬가지였다. 아파트 공사가 끝나고 입주가 시작되면 택배 물량이 많아질 것이다. 그렇게 되면 좋겠다고 생각하면서도, 하루종일 배송에 시달릴 것을 생각하면 암담해졌다. 차는 언제나 그의 앞날만큼이나 무거운 상자로 가득차 있었다. 내용물이 가지각색인 짐이 자신을 내리누르는 느낌이었다. 취급소에 낸 보증금을 뺄 수 있다면 당장 떠나고 싶었지만, 보증금을 포기하지 않는 이상 어려웠다. 신도시가 들어선 다음이라면 모를까, 이런 변두리로 들어와 보증금을 내고 택배 일을 맡을 사람은 없었다.

아직 있었네? 퇴근했으면 어쩌나 했는데 말이야.

그는 구석에 놓인 의자를 끌어다 앉았다. 사진사는 자정 무렵에나 집으로 돌아갔다.

늘 이러는걸 뭐. 괜찮아.

사진사가 렌즈에 눈을 갖다대자 그는 사진기를 바라보며 옷매무새를 가다듬었다. 그러고는 안경을 코끝으로 최대한 내린 다음 어깨를 활짝 폈다. 지난번 사진을 찍을 때 오른쪽 어깨가 올라갔다는 주의를 받았다.

어깨를 좀 낮춰봐.

그는 활짝 편 어깨를 다시 움츠렸다.

오늘은 그러고 찍을 거야?

그는 안경이 미끄러져 내릴까봐 고개를 끄덕이지 못하고 응, 하고 짧게 대답했다. 사진사가 숫자를 셌다. 셋 하는 소리에 빛이 터졌다.

사진이 나오기를 기다리는 동안 의자에 걸터앉아 주간지를 뒤적거렸다.

일은 좀 어때?

사진사가 물었다. 동창이라고는 하지만 얼굴만 아는 정도여서 그는 사진사와 이렇다 할 얘기를 나눠본 적이 없었다. 사진을 기다리는 동안 그는 대개 얄팍한 주간지를 읽었고 사진사는 내실에 들어가 있었다.

이 동네에 안 가본 데가 없잖아.

스스로 생각하기에도 재미없는 대답이어서 그는 머쓱함을 감추려고 조금 웃었다.

다른 일을 찾아볼까 해서 말이야. 가게는 아내한테 맡기려고. 일이 많이 줄어서 아내 혼자서도 충분하거든.

무슨 일을 할 건데?

글쎄, 알아봐야지.

그는 잠시 입을 다물었다가 택배 일은 어때? 하고 물었다.

당장 할 수 있는 건가? 그렇다면 그것도 좋지.

당장은 아니지만 네가 하겠다면 한번 알아볼게.

그는 일부러 시간을 좀 끌다가 대답했다.

그래주면 고맙지.

그는 다른 날보다 더 열심히 주간지에 고개를 파묻었다. 어쩌면 사진사에게 보증금을 넘길 수 있을지도 몰랐다. 좋아하는 기색이 드러나지 않아야 했다. 당장 일을 맡으라고 조급하게 굴거나 근무 환경이 좋다고 지나치게 과장해도 안 된다. 조급하면 일을 그르치고 과장하면 의심을 살 것이다.

이 사진들은 다 뭐에 쓰니?

사진사가 물었다. 그는 일주일이 멀다 하고 괴상한 포즈로 증명사진을 찍었다.

기념 삼아 찍는 거지.

기념으로?

그는 크게 고개를 끄덕였다. 사진사가 돈을 받아 넣으며 얼마나 기념할 게 많아서 그래? 하고는 슬쩍 웃었다. 그는 사진 뒷면에 날짜를 적어넣으며 날마다 기념일이지 뭐, 하고 오래전부터 생각해왔던 것처럼 대꾸했다. 그렇게 말하면서 그는 자신에게 변변한 기념일이 없다는 걸 새삼 깨달았다. 유일하게 기억하는 것은 같은 날 사고를 당한 후 몇 시간 차이로 돌아가신 부모님의 기일이었다. 두 분은 갓길에서 고장난 차의 범퍼를 함께 들여다보고 있다가 교통사고를 당했다. 그가 막 청소년기를 빠져나올 무렵이었다. 기념할 만한 날은 아니었다. 부모님을 대신해 생일을 챙겨줄 가족은 없었다. 만난 지 백 일이 되는 날을 헤아릴 여자친구가 있는 것도 아니었다. 입사 기념일은 챙기고 싶지 않았고 명절이나 크리스마스도 싫었다. 그런 날이면 일거리가 배는 늘었다.

증명사진은 이력서에 붙였다. 집에 있는 휴일이면 늘 십여 통의 이력서를 썼다. 고등학교로 끝나는 학력과 몇 군데 업체에서의 단기간 경력을 적고 증명사진은 뒷면에 고체형 풀을 발라 붙였다. 사진은 가급적 우스꽝스럽게 나오도록 찍었다. 불쌍해 보이는 것보다 우스워 보이는 게 나았다. 다 쓴 이력서는 전부 큰 도시에 있는 기업체로 보냈다.

대부분 아무런 연락이 오지 않았다. 요즘 같은 시대에 자필 이력서를 보내는 것부터가 무리였다. 그렇게 생각하면서도 여전히 일기를 적듯 손으로 이력서를 써나갔다. 어떤 날의 이력서에는 그 주에 배송한 품목을 죽 나열했다. 물건을 싣고 다닌 도시 이름을 적기도 했다. 신도시에 지어질 아파트 이름을 적기도 했고, 인근 슈퍼마켓에서 산 컵라면을 제조사별로 나누어 적기도 했다.

지금은 쓸모없어진 자격증을 적은 날도 있었다. 영문과 한글 타자 자격증과 주산 자격증이었다. 그는 빗방울처럼 쏟아지는 타자

소리를 좋아했다. 시험날은 긴장해서인지 손가락이 자꾸 타자기 자판 사이로 미끄러졌다. 주산 자격증을 딸 때는 두 자릿수와 세 자릿수가 섞인 암산 문제 때문에 애를 먹었다. 시험지에 암산 문제를 베껴 적어두고 나중에 주판으로 계산해서 답을 쓰기도 했다.

오래전 일이었다. 이제는 다 필요 없는 자격증이었다. 그는 자신의 이력으로는 도시에 있는 직장에 취업할 수 없다는 걸 알고 있었다. 지금보다 더 많은 이력서를 보내도 마찬가지일 것이다. 그는 여전히 변두리의 구직자로 남을 것이다. 그나마 신도시가 완공되면 그가 사는 곳도 도시의 일부처럼 보일지도 모른다는 게 위안이 될 때가 있었다. 한편으로는 그래도 반지하방을 전전하는 생활이 나아질 리 없으리라는 생각에 치욕스럽기도 했다. 그게 뭐든 달라지는 것은 없었다. 치욕이나 위안이 인생을 바꾸지 못했다.

화분이 들어 있는 상자 위에 작은 상자를 얹었다. 상자에 담긴 것은 포도씨오일이었다. 앞이 잘 보이지 않았으나 어차피 어두웠으므로 상관없었다. 밤의 계단에는 오래된 벽이 내뿜는 한숨 같은 먼지가 희미하게 떠돌았다.

계세요?

그는 닫힌 문을 두드리며 소리쳤다. 텅 빈 복도 끝으로 그의 목소리가 울렸다. 송장에 적힌 번호로 전화를 걸었으나 받지 않았다. 어쩌면 집주인은 이미 아파트를 떠났는지도 모른다. 아파트 입구에 붙어 있는 안내문에는 내부 철거공사 개시일이 적혀 있었다. 시기가 다를 뿐, 모두들 낡은 아파트를 떠났다.

그는 난감해하며 두 개의 상자를 내려다봤다. 집주인은 철거 기한이 다가오는 아파트에서 얼마나 오래 버티려고 화분을 산 것일까. 그는 다시 한번 문을 두드렸다. 복도 끝에서 바람에 뒤척이는 비닐봉지 소리가 들려올 뿐 아파트는 침울할 정도로 고요했다.

돌아가려다 말고 무심코 손잡이를 돌려보았는데 문이 스르륵 열렸다.

계세요?

그는 놀란 마음을 감추고 현관에 서서 조심스럽게 목소리를 높였다. 집안에서는 아무런 인기척도 들려오지 않았다. 그는 상자를 든 채 집안을 살펴보았다. 살림살이가 제자리에 온전히 남아 있는 것으로 보아 잠시 외출을 한 모양이었다.

그가 다시 나가려는데 갑자기 빛이 쏟아져들어왔다. 순식간에 여자의 집이 밝아졌다. 빛은 거실과 면한 베란다로 들어와 탐조등처럼 집 구석구석을 비췄다. 부엌 가스레인지 위에 기름때가 눌어붙은 프라이팬이 놓여 있었다. 불빛은 현관에 놓인 샌들을 비췄다. 그가 배송한 물건들인지도 몰랐다.

그는 불빛을 따라 홀린 듯이 창가로 다가갔다. 빛은 움직이는 거대한 둥근 원에서 뿜어져나왔다. 둥근 원은 여자의 집을 응시하듯 천천히 색색의 빛을 발하며 돌았다. 불빛을 받은 강물이 반짝거리며 빛났다. 강물 속에서도 둥근 원이 맴돌았다. 거대한 빛은 강 건너 유원지에서 뿜어져나왔다.

그는 한참 바라본 후에야 그것이 회전관람차가 뿜어내는 불빛이라는 걸 알아차렸다. 유원지는 아직 개장 전이었다. 어쩌면 시범운행을 하기 위해 놀이기구들을 돌리고 있는지도 몰랐다. 그는 관람차를 타본 적이 한 번도 없었다. 살아 계실 때 부모님은 줄곧 돈을 버느라 고단해했다. 돈과 시간의 여유가 있었더라도 그들이 사는 변두리에는 관람차를 탈 만한 곳이 없었다. 그들 가족은 먼 곳의 유원지에서 휴일을 보낼 만큼 단란하지 못했다. 그가 성장한 후에는 유원지가 더이상 드물거나 가기 어려운 곳이 아니었다. 그 역시 간혹 친구들과 어울려 유원지로 놀러가곤 했다. 시속 백 킬로미터가 넘는 롤러코스터를 탔다. 거꾸로 매달려 레일을 도는 놀이기구도 탔다. 그에 비하면 회전관람차는 시시했다. 우르르 몰려들어 탈 것은 아니었다. 속도감을 느낄 수 없었고 하늘과 땅이 뒤집히는 짜릿함도 느껴지지 않았다. 관람차는 그의 인생처럼 느릿느릿 따분하게 흘러갔으며 다세대주택이 다닥다닥 붙어 있는 시가지를 조감할 정도로만 올라갔다.

집에 돌아와 607호 앞으로 배송된 상자를 뜯었다. 수취인이 받지 못한 물건은 일정 기간 내에 반품해야 하는데도 그는 물건을 집으로 가지고 왔다. 집주인은 여전히 전화를 받지 않았다. 며칠 전에는 혹시나 싶어서 배송할 물건을 가지고 아파트에 다시 가보았다. 내부 철거를 시작했는지 인부들에게 제지당해 아파트 안으로 들어가지 못했다. 그는 607호 주인이 그가 평생 받아보지 못한 선물을 한꺼번에 주려고 사라진 것이라고 상상해보았다. 상상만으로 즐거운 나머지 거리낌없이 상자를 열 수 있었다. 선물을 뜯어보는 사람들이 으레 그러듯 내용물에 기대를 품기도 했다. 상자에서 나온 물건의 내역은 모두 달력에 적어두었다. 고무나무 화분과 포도씨오일, 사은행사에서 당첨된 냄비 세트, 칼집이 포함된 주방용 칠 종 칼 세트와 대나무 돗자리, 국화 꽃잎이 든 베개였다.

물건의 용도를 궁리하는 일은 즐거웠다. 그는 쓰임새와 취향을 고려한 선물보다 의외의 선물을 좋아했다. 고무나무 화분은 지나다니는 사람들의 발이 보이지 않도록 바깥에 내놓아 창을 가렸다. 포도씨오일은 계란프라이를 해 먹거나 감자를 볶을 때에 썼다. 굳이 포도씨오일을 고른 걸 보면 집주인은 건강에 관심이 많거나 유행에 민감할지도 몰랐다. 식료에도 유행이 있다는 건 음식을 해 먹지 않는 그도 잘 알았다. 사은행사에서 당첨된 냄비 세트 중에서 밑이 넓은 전골냄비는 세숫대야로 써도 좋을 것 같았다. 마침 플라스틱 세숫대야가 깨져서 새것을 사려던 참이었다. 대나무 돗자리는 바닥에 깔았다. 차가운 감이 들어서 그 위에 이불을 한 장 깔았다. 여름이 지나가는 무렵에 왜 돗자리를 샀는지 모를 일이었다. 어쩌면 607호 사람은 남달리 더위를 타는 체질인지도 몰랐다. 학교 시절 그의 반에는 하복이라는 별명을 가진 아이가 있었다. 가장 일찍 하복을 입어서 가장 늦게까지 하복을 벗지 않아 생긴 별명이었다. 607호 사람에게도 그런 별명을 붙여보았다.

같은 물건이 배송된 적도 있었다. 챙이 넓은 모자였다. 처음에 배송된 것은 핑크색이었는데 며칠 뒤에 같은 모양의 푸른색 모자가 왔다. 같은 모자를 색깔을 달리해서 산 걸 보니 썩 마음에 드는 모양이었다. 그는 집주인 여자에게 모자를 주었다. 주인 여자는 이런 모자를 내가 어떻게 쓰느냐면서도 마음에 들었는지 공사 현장을 지키는 내내 쓰고 있었다. 그가 살고 있는 다세대주택은 증축 공사중이었다. 본래 이층이던 것을 사층으로 높이고 외벽을 보수하는 공사였다. 창문을 열면 시멘트와 모래가 섞인 먼지바람이 들어왔다. 문을 모두 걸어 잠가도 먼지는 검은 텔레비전 위에 내려앉았다. 드릴 소리에 집이 미세하게 흔들렸다. 집에 누워 있으면 그 소리 때문에 멀미가 날 것 같았다. 간혹 참지 못하고 천장을 향해 베개를 집어던졌다. 형광등이 요란하게 흔들렸다. 멀미가 날 정도로 심한 소음은 밤이 되어서야 그쳤다.

칠 종 칼 세트는 사진사의 아내에게 줄 생각이었다. 사진사는 취급소를 견학하고 며칠간 그를 따라 실습을 다녔다. 그는 사진사와 함께 다니는 동안 저녁 일곱시 무렵이면 일을 끝냈다. 사진사는 일이 생각보다 빨리 끝난다며 좋아했다. 그는 항상 이런 것은 아니라는 말로 거짓말을 피했다. 사진사와 헤어지고 나서 남은 물건을 배송한다는 말은 하지 않았다. 사진사는 그가 떠난 후에야 속았음을 알 테지만 그럴 수밖에 없었다는 것 또한 알게 될 것이다.

그는 서랍에서 이력서에 붙일 증명사진을 전부 꺼내 바닥에 늘어놓았다. 머리 길이와 입고 있는 옷이 약간 다를 뿐 우스꽝스러운 얼굴은 같았다. 뒷면에 적힌 날짜를 보지 않고 사진을 날짜순으로 맞춰보았다. 가장 오래전에 찍은 사진과 최근에 찍은 사진은 쉽게 구별할 수 있었다. 나머지는 날짜를 보지 않으면 순서를 맞추기 어려웠다. 조금씩 다른 표정 속에서 그때 무슨 생각을 하고 있었는지, 사진을 찍은 그날 어떤 기분이었는지를 추측하기는 어려웠다. 그는 아무것도 짐작되지 않는 자신의 지난 얼굴을 한참 들여다보았다.

그중 작년 겨울에 찍은 사진을 한 장 빼들었다. 검정 터틀넥을 입은 그는 초췌해 보였다. 실제로 피곤했을 것이다. 그는 날마다 힘들고 지쳤으며 운전을 하는 동안 편두통에 시달렸다. 사진 속 그는 지금보다 머리가 길었다. 그 사진에서 머리를 오려냈다. 작년 여름에 찍은 사진에서는 눈을 오려냈다. 충혈된 눈이었다. 그 사진을 찍던 때가 기억났다. 취급소의 직원에게서 유행성 눈병을 옮았다. 짓무른 눈에서 계속해서 눈물이 흐르고 눈곱이 고름처럼 고였다. 사진사는 그런 눈으로 사진을 찍을 거냐며 웃었다.

이 년 전에 찍은 사진에서 귀를 오렸다. 머리가 짧았기 때문에 다른 사진에 비해 귓불이 거의 없이 아래쪽으로 당겨진 귀의 형태가 잘 드러나 있었다. 안경을 코끝까지 내리고 찍은 사진 위에 오려낸 머리와 눈과 귀를 붙였다. 사진이 워낙 작고 가위질이 서툴러 모양을 제대로 오리지는 못했다. 오려낸 머리를 붙이자 그의 머리가 단박에 더부룩해졌다. 붉은 눈은 지나치게 컸고 칼귀는 더벅머리 위에 도깨비 뿔처럼 떠 있었다. 그 사진을 이력서에 붙였다.

607호 사람이 만나자고 한 곳은 개장을 준비중인 유원지였다. 주소를 듣고서야 전화를 건 여자가 607호 사람이라는 걸 알아차렸다. 그를 찾느라 애먹었다는 말을 들으며 그는 집안 곳곳에 있는 여자의 물건을 살펴보았다. 고무나무는 공사 현장의 먼지를 뒤집어쓴 채 죽어가고 있었다. 아무리 물을 주어도 마른 뿌리를 살리기는 힘들어 보였다. 노랗게 마른 잎사귀들이 먼지처럼 바닥에 떨어져 있었다. 계절이 바뀌면서 주인 여자는 이제 모자를 쓰지 않았다. 공사는 계절이 다 가도록 끝나지 않았다. 세숫대야로 쓰던 전골냄비는 화장실 타일에 긁혀 여기저기 흠집이 생겼다. 포도씨오일은 이미 반 넘게 써버렸다. 틈새마다 먼지가 낀 대나무 돗자리는 두꺼운 이불 밑에 장판지처럼 깔려 있었다. 그는 이불을 걷어낸 돗자리에 앉아 라면을 먹었고 손톱과 발톱을 깎았다. 밤이면 국화 꽃잎이 든 베개를 베고 잠이 들었다. 베개는 그의 뒤통수 모양새를 따라 가운데가 움푹 눌려 있었다. 그는 그제야 이 모든 물건이 자신에게 온 선물이라는 상상에서 벗어났다. 607호 사람을 만나 사과하고 물건값을 물어야 했다.

개장 전이었지만 놀이기구들은 계속 운행되고 있었다. 빨간색 롤러코스터가 레일을 따라 끊임없이 돌았다. 시속 백 킬로미터가 넘는 속도 때문에 보기만 해도 현기증이 느껴질 정도였다. 결코 떨어질 일이 없다는 걸 알면서도 롤러코스터가 도착점에 돌아올 때까지 가슴을 졸였다.

회전관람차는 유원지 가장 안쪽에 있었다. 입구에 서 있던 여자가 유니폼을 입은 그를 먼저 알아봤다. 여자는 앉을 곳이 마땅치 않으니 곤돌라 안으로 들어가자고 했다. 그는 조금씩 움직이는 관람차에 맞춰 한 발짝 나가다 마침 앞에 도착한 곤돌라에 여자를 따라 올라탔다. 여자는 타자마자 타이머를 꾹 눌렀다.

운행 시간을 체크해야 해서요.

시범운행중인 관람차는 같은 속도로 돌지만 매번 운행 시간이 조금씩 다르다고 했다. 그는 몸을 돌려 창밖을 내다보았다. 자전거 바퀴 모양의 살 끝에 곤돌라가 하나씩 매달려 있었다. 곤돌라는 바람에 조금씩 흔들렸다. 느리기는 했지만 지상에서 천천히 멀어지는 것은 분명했다.

죄송합니다.

그가 앉은 채로 고개를 수그렸다.

어쩔 수 없죠 뭐.

여자는 물건을 당장 가져오라고 소리치던 처음의 기세와 달리

누그러진 말투로 대답했다. 그는 여자에게 물건값을 전부 계산해서 드리겠다고 말했다. 여자는 당연하다는 표정으로 말없이 고개를 끄덕이고는 다시 잠자코 타이머를 들여다보았다.

그는 힐끔거리며 여자를 살펴보았다. 거의 매주라고 해도 좋을 만큼 여자에게 물건을 배송해왔다. 그렇게 자주 본 얼굴인데 처음 보는 것처럼 낯설었다.

그는 크게 숨을 내쉬고 창밖으로 시선을 돌렸다. 공사중인 지상으로부터 서서히 멀어지고 있었다. 텅 빈 몸체를 끊임없이 돌리고 있는 놀이기구들이 눈에 띄었다. 놀이기구들은 고함 같은 기계음을 쏟아내며 거대한 몸을 돌리거나 비틀고 있었다. 좀더 올라가자 강 건너의 아파트도 보였다. 아파트는 밤샘 공사라도 하는지 환하게 불을 밝히고 있었다. 반짝거리는 불빛을 보면 속이 철거되어 뼈대만 남은 건물이라고는 생각할 수 없었다. 공사가 진행중인 주변 아파트는 회색 시멘트빛이 두드러져 땅에 박혀 죽어가는 나무처럼 보였다. 더 높이 올라가면 그가 살고 있는 다세대주택 단지가 보일지도 몰랐다. 그는 더 먼 곳을 보고 싶어졌다. 다른 도시로 가는, 칼자국처럼 지저분하게 얽힌 도로가 보일 때까지. 벌떡 일어서다가 천장에 머리를 부딪쳤다. 할 수 없이 허리를 구부리고 가운데쯤에 걸터앉았다.

그는 무표정한 여자의 얼굴을 보며 문득 좋아하는 게 뭐냐고 물어보고 싶어졌다. 더위를 잘 타는 체질인지, 키 높이 운동화를 신을 만큼 키가 작아 보이는 게 싫은지도 묻고 싶었다. 실제로는 그다지 작지 않다고 말해주고 싶었다. 밤이면 관람차 불빛이 집을 비추어 아름답게 빛이 퍼지는 걸 아느냐고 묻고 싶었다. 그는 쉴새없이 질문이 떠오르는 걸 의아하게 생각하며 입을 꽉 다물었다. 자기도 알지 못하는 사이에 말이 쏟아질 것 같아서였다.

지상은 거대한 빛의 덩어리로 뭉쳐져 아름답게 빛났다. 불빛 속에는 트럭을 타고 끊임없이 낯선 이들에게 물건을 배송하는 그가 있었다. 하루종일 물건을 싣고 다니느라 그의 얼굴은 마분지상자처럼 딱딱했다. 무표정하거나 살짝 입꼬리를 올린 사람의 증명사진을 찍어주는 사진사도 있었다. 사진사는 인화기에서 뽑아낸 경직된 얼굴을 일정한 간격으로 잘라내고 있었다. 챙이 넓은 모자를 쓴 채 공사 현장에 앉아 졸고 있는 주인 여자의 모습도 보였다. 회전관람차의 문을 걸어 잠그고 하염없이 타이머를 들여다보며 운행 시간을 체크하는 여자도 있었다. 그는 그 모두를 향해 손을 흔들었다.

그의 손인사에 화답하듯 갑자기 빠르고 경쾌한 음악이 흘러나왔다. 녹음된 낭랑한 목소리는 관람차가 정상에 이르렀음을 알려주었다. 정상의 높이가 백육십오 미터라는 걸 듣고 그는 깜짝 놀랐다. 고작 백육십오 미터밖에 안 올라왔는데 지상이 저렇게 아름다워 보이는 게 의아했다. 관람차는 여전히 지구처럼 느릿느릿 회전하며 서서히 아래로 내려갔다.

모자는 집주인한테 줬어요.

그는 여자가 창밖을 바라보는 틈을 타서 얼른 말했다. 여자는 그래요? 하고 짧게 대꾸했다. 잠시 뒤에는 다시 무표정한 얼굴이 되어 그 모자 어떻게 생겼나요? 라고 물었다.

챙이 넓고요, 앞 챙은 조금 구부러져 있어요. 뒤에는 작은 리본이 묶여 있고요.

그는 손으로 챙의 모양을 그려주었다. 여자는 그의 손끝을 따라 허공에 뜬 모자를 보았다.

보증금을 주기로 한 날짜가 지났지만 사진사에게서는 연락이 없었다. 그는 초조했지만 먼저 전화하지 않았다. 사진사를 붙들고 빨리 돈을 내놓으라고 애원하게 될지도 몰랐다. 시간을 끌수록 보증금을 받기는 어려웠다. 그는 여전히 변두리를 떠나지 못할 테고 날마다 공사중인 도시 곳곳을 돌아다녀야 할 것이다. 그 생각에 그는 불쑥 주머니에서 이력서를 꺼내 여자가 다른 곳을 보는 틈에 관람차 의자의 좁은 틈에 꽂았다. 이력서의 끝부분이 의자 틈에 깃발처럼 하얗게 남았다. 바깥으로 떠밀린 이력서는 회전관람차를 타고 쉬지 않고 빙글빙글 돌 것이다. 날이 좋은 날에는 붉은 눈으로 먼 도시를 볼 수 있을지도 모른다. 대개는 어디에서건 공사가 진행중인 도시 풍경을 조감하게 될 것이다.

회전관람차는 지상에 닿고도 멈추지 않고 조금씩 나아갔다. 지상에 발을 딛는 순간 그는 약간 어지럼증을 느꼈다. 흔들리는 몸을 정중하게 숙여 여자에게 인사를 건넸다. 여자가 그에게 물건 목록이 적힌 종이를 내밀었다. 거기에는 받지 못한 물건의 가격이 전부 적혀 있었다.

한 바퀴 도는 데 얼마나 걸렸나요?

그가 청구서를 받아 주머니에 넣으며 물었다. 여자는 타이머를 보고 나서 다른 때보다 약간 빨랐다고 대답해주었다.

그는 여자와 헤어져 유원지 입구로 걸음을 옮겼다. 차 안에는 여자에게 온 물건이 있었다. 미처 송장을 확인하지 못해서 품목은 몰랐다. 여자에게 물건이 있다는 말은 하지 못했다. 어쩌면 물건을 주문하는 사람은 여자가 아닐지도 몰랐다. 그러니 물건값을 배상해준 후에도 계속 물건이 배송될 수도 있었다. 앞으로는 여자에게 물건을 주려고 관람차를 타러 오게 될 것이다.

유원지 입구를 나서면서 관람차를 돌아보았다. 관람차는 불을 밝힌 채 어느 누구도 태우지 않고 마치 자신이 돌지 않으면 세상이 멈춘다는 듯 느릿느릿 어두운 밤의 도시를 비추며 회전했다. 방금 내린 곤돌라를 찾아보려 했으나 빛의 덩어리로 뭉쳐진 속에서 이력서를 끼고 도는 곤돌라를 분간해내기는 어려웠다. 그가 차에 올라타자 짐칸에 가득찬 상자들이 조금 덜컹거렸다. 그는 물건들과 함께 밤의 도시로 차를 몰았다.

초판 해설 | 신형철(문학평론가)

섬뜩하게 보기

1

"작가는 '가지고 있는가, 가지고 있지 않은가'로 결정된다"(쓰지 히토나리)라고 했던가. 나는 이 둘을 이렇게 구분한다. '가지고 있지 않은' 작가는 '나는 이렇게도 저렇게도 쓸 수 있다'고 말한다. 반면 '가지고 있는' 작가는 '나는 이렇게밖에 쓸 수 없다'고 말한다. 후자는 머리와 가슴과 손이 완강하게 결합돼 있는 이들이다. 그래서 그들이 쓴 모든 것들은 어떤 필연성의 산물이 된다. 이렇게까지 써야 하는가 하고 물었을 때, 이 작가의 첫번째 소설집 『아오이가든』(문학과지성사, 2005)은 이렇게밖에 쓸 수 없었다, 라고 대답하고 있었다. 잔혹한 것을 슬프게 그릴 수 있고 우스꽝스럽게 그릴 수 있으며 분憤하게 그릴 수도 있다. 그 결과 차례로 연민이 생겨나거나 아이러니가 발생하거나 선동적인 효과가 초래된다. 그러나 잔혹한 것들을 실로 무상하게 그려내는 경우도 있다. 그때 발생하는 것은 연민이나 아이러니나 선동적 효과 등이 아니라 불편함과 불쾌감이다. 이 작가가 그렇다. 잔혹한 것들을 광범위하고 집요하게, 그러나 무상하게 다룬다.

예컨대 첫번째 작품집 『아오이가든』의 표제작이 특히 그러했다. 2003년 4월 홍콩의 아파트 '아오이가든' 주민들은 사스 때문에 열흘간 피난 생활을 해야 했다. 작가는 이 실제 사건에 영감을 얻어 소설을 쓰고 반년 뒤에 발표한다. 역병이 창궐한 아파트에 사는 이들이 단지 살아남기 위해 인간과 짐승의 경계를 넘나들기를 마다하지 않다가 끝내 처참한 파국에 이르는 이야기다. "편혜영의 소설 중 가장 기괴한 소설"(류보선, 「침묵하는 주체, 말하는 시체」, 『문학동네』 2005년 겨울호)이라는 평가가 있었다. "인간과 짐승의 구별이 없어진 세계를 표상하는 가장 그로테스크한 이미지"(박혜경, 「문명의 심연을 응시하는 반문명적 사유」, 『문학과사회』 2005년 여름호)들을 이 소설이 품고 있었기 때문이었다. 그러니 범례가 될 만한 작품이다. 이미 지적했듯 이 작품의 기원은 실제 사건이지만 이 소설은 그런 사실주의적 디테일에는 별 관심이 없다. 배경이 되는 시공간도, 역병의 정체도, 인물들의 나이도 모두 오리무중이다. 대신 이런 식의 묘사들이 있다.

그녀는 쉴새없이 마루를 서성거리며 무슨 말인가를 중얼거렸다. (……) 대개 누이에 관한 것이었다. 누이가 숲속에서 사납고 고약한 다람쥐가 올라탄 나뭇가지에 걸려 옷이 찢어졌거나, 들쥐를 잡아먹은 고양이에게 입을 할퀴었거나, 동면중인 뱀을 잡아 가랑이에 집어넣었거나, 올챙이가 든 줄도 모르고 샘물을 마셔 구역질을 했거나, 죽은 쥐의 껍질을 벗겨 먹이로 삼지는 않았을까 하는 것이었다.(『아오이가든』, 41쪽, 강조는 인용자, 이하 동일)

나는 고양이가 흘린 다량의 검붉은 피를 떠올렸다. 그것은 연하면서도 깊고, 화려하면서도 더러운 색이었다. 나는 떨어진 것을 주워들고 냄새를 맡아보았다. 그러자마자 그것의 정체를 알아챘다. 그것은 까맣게 죽은 그녀의 가랑이 사이에 여러 겹으로 접혀 있던 거였다. 거기서는 거울을 흐리게 하고, 칼날을 무디게 하고, 유리 접시에 금을 내고, 점토 아래의 지렁이를 불러모으고, 다락의 쥐들을 미쳐 날뛰게 한다는 냄새가 났다.(『아오이가든』, 53~54쪽)

서사의 논리라는 측면에서 보면 이런 대목들은 필요 이상으로 집요하다는 인상을 준다. 달리 말하면 작가는 여기서 뭔가를 '즐기고' 있다. 무슨 일이 벌어지고 있는 것일까. 첫번째 인용문에서 역병이 창궐한 거리를 떠돌다 돌아온 딸을 집안에 들이고 어미는 전전긍긍한다. 어디서 무슨 일을 겪었는지 알 수가 없어서다. 그래서 어미는 이런저런 상상들을 늘어놓는다. 이 대목을 쓰면서 작가는 기괴한 상황(주로 인간과 짐승의 경계를 부담스럽게 뒤섞는 방식으로)을 상상하고 이를 문장으로 차곡차곡 옮겨놓는다. 두번째 인용문에서 '나'는 자궁이 도려내진 고양이가 흘린 피의 빛깔이 "연하면서도 깊고, 화려하면서도 더러운 색"이었노라 묘사하면서 정성 들여 음미한다. 냄새를 묘사하는 그다음 대목은 또 어떤가. 다섯 개의 메타포를 동원하면서 후각을 구체화하는 데 몰두하고 있다. 적어도 이런 대목에서 작가를 사로잡고 있는 것은 서사적 욕망이 아니라 시적 욕망처럼 보인다.

이런 대목은 어떤가. 역병의 거리에서 임신해 돌아온 누이가 마침내 출산한 것은 끔찍하게도 개구리들이었다. 어미가 그 개구리들을 태연하게 씻는다. "개구리들은 그녀의 손이 닿을 때마다 눈알이 터지도록 울음을 터뜨렸다. 그리고 터진 눈알에서 흘린 피로 몸을 물들였다."(60쪽) 아마도 이 두 문장은 미리 고안된 것이 아닐 것이다. "눈알이 터지도록"은 비유의 층위에서 만들어진 것이고, 그 비유가 퇴장하지 않고 살아남아 "터진 눈알"이라는 표현을 끌어당겼을 것이다. 덕분에 "터진 눈알에서 흘린 피"까지가 뒤를 잇게 되었다. 실상 개구리들은 애초 "피로 물든 누이의 가랑이"(같은 쪽)에서 나온 것이기 때문에 굳이 재차 피를 뒤집어써야 할 이유가 없다. 이 기괴한 결말은 서사 전체의 논리가 요구한 필연적 결말이기도 하겠지만 어떤 측면에서는 '끝장'까지 가버리겠다는 미학적 고집의 귀결은 아니었을까 하는 생각마저 든다. 이를테면 이것이 편혜영 소설의 개성 중 하나라고 할 수 없을까.

왜 이렇게 쓰는가. 많은 비평가들이 그의 소설을 두고 문명 비판의 메시지를 읽어내는 데 열중하였지만 작가에게 그런 것들은 아무래도 좋은 것이었을지도 모른다. 어쩌면 그의 욕망은 다른 곳에 있지 않았을까. "복강에 손을 넣어, 그리하여 따뜻한 혈관에 둘러싸인 내장을 보게 되면 나라도 그것들을 만져보고 싶을 터였다."(52쪽) 아무나 그 내장을 만지고 싶어하지는 않을 것이다. 이를테면 세계의 내장을 만지고 싶다는 것, 그것이 이 작가의 근원적 그 욕망이었을지도 모른다. 그래서 이 작가는 내장처럼 흘러나오는 문장들을 핀셋으로 하나하나 집어서 수술대 위에 늘어놓듯이 써나간다. 서사가 그 욕망을 산출했다기보다는 오히려 그 욕망이 서사를 이용한 것은 아닌가. 우리는 지금껏 시를 분석하듯 작품을 읽었다. 소설에 미달했기 때문이 아니다. 어떤 대목에서 이 작가의 소설은 소설을 초과한다. 소설을 초과하게 만드는 그 욕망의 정체가 궁금하다.

그 욕망을 (알랭 바디우의 표현을 빌려) '리얼(실재)'에 대한 욕망이라고 부를 수 있다. 이것은 '리얼리티(현실성)'에 대한 배려 혹은 '리얼리즘'에 대한 추구와는 구별되는 것이다. 리얼한 것은 보편적이지 않다. 어떤 것을 리얼하다고 느끼는 감각은 시대·세대별로 다를 수 있다. 예컨대 "전형적인 환경에서의 전형적인 인물들을 진실하게 재현하는"(엥겔스) 소설이 '리얼하다'고 느끼는 세대가 있을 수 있다. 그 세대에게 편혜영의 소설은 리얼하지 않은 것으로 보일 것이다. 그러나 이 작가는 오히려 리얼리즘이라 불리는 소설들이 가짜라고 생각할지도 모른다. 너무나 그럴듯한 것들은 오히려 허구적인 것으로 보인다. 이쯤 되면 감각의 유전자가 다르다고 해야 한다. 소위 '실제보다 더 실제적인 것'들로 자욱한 세계를 이미 경험한 터다. 웬만한 것들은 실감으로 육박해오지 않는다. 이 세대에게는 더 리얼한 것, 더욱더 리얼한 것에 대한 갈급이 있다. 그럴 때 소설은 리얼리티 혹은 리얼리즘을 초과한다. 육체에 대해서 이야기하고 싶은가? 살갗을 애무하는 것으로는 부족하다. 살갗을 절개해야 하고, 피를 흘려야 하며, 내장을 꺼내야 한다. 이것이 내장을 만지는 글쓰기다.

2

리얼한 것에 대한 이 작가의 집요한 욕망은 『아오이가든』의 출간과 더불어 한국소설사에 낯선 미학적 지평 하나를 열었다. 이를 '실재의 미학'이라 명명할 수 있다. 그러나 이 미학적 도발의 의미가 충분히 음미된 것 같지는 않다. 많은 이들이 이 작가의 소설에 내장돼 있는 반反문명 혹은 반계몽의 메시지에 더 주목했다. 그러나 그런 독법이 다소 뻔한 결론을 내놓고 말았던 것은 편혜영 소설의 실상과 충분히 교감하지 못했던 탓인지도 모른다. 더러 지적된 대로, 편혜영의 작품들은 명확히 대비되는 두 세계로 구축된다. 한쪽엔 빛, 문명, 인간의 세계가 있고 다른 쪽에는 어둠, 파국, 짐승의 세계가 있다. 이 작가가 특히 공들인 것은 후자의 세계를 지극히 명료하면서도 인상적인 방식으로 구축해내는 것이었다. 일종의 미장센 세팅이다. 매클루언Mcluhan식으로 말한다면 이 작가의 경우는 미장센이 곧 메시지라고 해도 좋다. 그의 작품들이 주로 그 미장센의 핵심이 되는 공간을 제목으로 삼고 있는 것은 그래서다. 만약 반문명 혹은 반계몽의 메시지를 의도했다면 '두 세계'를 비등하게 구축했을 것이다. 어떤 세계가 전복될 수 있으려면 전복될 세계 자체가 먼저 구축되어야 한다. 그러나 어떤가. 「아오이가든」의 경우 역병에 침공당한 세계만이 완강하다. 이 작가에게 아오이가든의 바깥은 없다고 해야 한다.

그렇기 때문에 그의 소설이 현실reality의 세계를 재현하기보다는 실재the real의 세계를 무대화하고 후자를 통해 전자를 전복하는 '실재의 정치학'을 구현한다는 평가는 절반만 옳다. 라캉의 용법을 따를 경우, 한 세계를 '현실'의 영역으로, 다른 한 세계를 '실재'의 영역으로 명명하는 것 자체가 엄밀하지 못하다. 현실과 실재는 공간적으로 실체화될 수 없는 것이기 때문이다. 세계의 진실이 '어딘가'에 '따로' 존재한다고 생각하기는 어렵다. 말하자면 실재는 '실재계'가 아니다. 실재라는 것이 예컨대 괴물이 사는 '저수지'이거나 조각난 시체가 출몰하는 '호수'이거나 혹은 '맨홀' 뚜껑 속 같은 것이라면 실재를 '인식'하는 일은 그다지 어려운 일이 아닐 것이다. 실재는 또다른 현실이 아니라 현실의 오작동이다. 비유컨대 현실이 어떤 그물망 같은 것이라면, 그 그물망의 어딘가가 찢어질 때 그 망의 틈으로 나타났다가 사라지는 어떤 것, 혹은 찢어짐이라는 사건 그 자체가 실재다. "실재란 상징적 네트워크로의 포획에 저항하는 외재적 사물이 아니라 상징적 네트워크 자체 내부의 틈이다."(지젝) 말하자면 현실 없이는 실재도 없다. 그러나 그의 소설에는 모종의 현실적 지표들이 대부분 삭제돼 있었다.

이런 맥락에서 우리는 실재의 미학과 실재의 정치학을 분별해야 한다고 생각한다. 이 작가가 도입한 특별한 미학은 천운영 이래로 여성 소설의 새로운 미학적 지평 중 하나가 된 그로테스크 미학의 한 진화로 이해될 수 있다. 그리고 오늘날 이 실재의 미학이라는 층위에서 이 작가의 냉정하리만큼 집요한 작업을 대체할 수 있는 사례는 없다고 해도 과언이 아니다. 그러나 실재에 대한 집요한 미학적 추구가 어떤 매개도 없이 전복적인 실재의 정치학으로 도약할 수 있는 것은 아니다. 이것은 기괴함과 섬뜩함이 다른 것과 같은 이치다. 기괴함grotesquerie이 낯선 것들과의 조우에서 발생하는 미학적 효과라면 섬뜩함uncanniness은 낯익은 것이 돌연 낯선 것으로 전화될 때 발생하는 (미학적 효과이면서 동시에) 정치적 효과다. 현실적인 것의 내부로 잠입해 들어가 그것과 뒤섞여 종내에는 현실적인 것의 내부에서 그것을 찢고 나와야 한다. 그럴 때 기괴함은 섬뜩함으로 도약하고, 실재의 미학은 실재의 정치학과 결합한다. 편혜영의 최근작들이 특히 매혹적인 까닭은 편혜영 특유의 실재의 미학(기괴함)이 마침내 실재의 정치학(섬뜩함)으로 진화해가는 국면을 인상적으로 보여주고 있기 때문이다.

3

「사육장 쪽으로」를 먼저 읽는다. '나'는 누구인가. "전형적인 도시인"(44쪽)인 이 남자는 "전원주택이야말로 진정한 도시인의 꿈이 아니겠느냐"(48쪽)고 허세를 떨며 시 외곽의 전원주택으로 옮겨온 터다. 그러나 삶은 얼마나 불확실한 것인가. 이 남자는 파산지경에 이르고 만다. 재산압류를 예고하는 경고장이 이윽고 집으로 날아온다. 언제 집이 압류당할지 알 수 없다는 불안감과 짝을 이루는 것은 어딘지 모를 사육장에서 들려오는 개 짖는 소리의 불길함이다. 그들은 언제 오는 것이며 개들은 어디서 짖고 있는 것인가. 이 불확실성의 상태는 아이가 실로 급작스럽게 사육장 개에게 물어뜯기게 되면서 끔찍한 악몽의 근원이 된다. 병원은 어디에 있는가. 사육장 근처에 있다. 사육장은 어디에 있는가. 그것은 아무도 모른다. 개 짖는 소리는 사방팔방에서 들려오고 "도시 전체가 사육장"(59쪽)이라 해도 좋을 지경에 이르면 이제 낯익은 일상은 완벽하게 낯선 것으로 역전되고 만다. 남자가 마침내 "자신이 찾는 것이 사육장인지, 아이를 치료할 병원인지, 아니면 아이를 물어뜯은 개인지"(같은 쪽) 헛갈리기 시작할 때, 이 불행한 남자는 영원히 성城에 도달하지 못하는 우리 시대의 K(카프카,『성城』)가 된다.

「소풍」의 연인도 처음에는 기대에 부풀어 있었다. W시로의 여행이 도시 생활의 고단함을 일거에 보상받을 수 있는 여행이 될 것이라 기대했기 때문이었다. 그러나 이 소설 역시 「사육장 쪽으로」의 구도를 유사하게 밟아나간다. 「사육장 쪽으로」의 남자가 전원주택과 더불어 새로운 삶을 살게 되리라 기대했으나 종국엔 파국으로 치닫게 된 것처럼, 「소풍」의 연인에게 이번 여행은 오랜 동경憧憬의 실현이기는커녕 그간 억압해왔던 긴장이 끔찍한 방식으로 폭발하는 계기가 될 것이었다. 이 작가는 희망의 계기가 될 줄 알았던 것이 역설적이게도 파국의 계기가 될 때 섬뜩함이 초래된다는 사실을 너무나 잘 알고 있다. 게다가 「사육장 쪽으로」를 내내 휘젓고 다니던 개 짖는 소리마냥 「소풍」의 연인에게는 불길한 안개가 지겨운 동행처럼 따라붙고 있음을 놓쳐서는 안 된다. 개는 아이를 물게 될 것이었고, 안개는 연인의 차를 두 건의 사고로 몰아넣을 것이었다. 위험이 의외의 것에서가 아니라 설마 했던 바로 그것에서 닥쳐올 때 섬뜩함이 초래된다는 사실 또한 이 작가는 간파하고 있다. 연인은 끝내 함께 목적지에 도달하지 못하고 각자의 길을 떠나게 된다. 여자의 허기가 어느 순간 구토로 돌변하듯 불과 몇 시간 만에 일상은 악몽이 되고 만다.

「분실물」의 '박'은 상사인 '송'에게서 비밀스러운 업무를 부탁받는다. 그것이 박에게는 '전원주택'(「사육장 쪽으로」)이자 'W시로의 여행'(「소풍」)인 셈이다. 이 업무만 멋지게 해내면 '박'의 인생도 달라질지 몰랐다. 공연한 야근을 하지 않아도 될 거였고 아내도 더이상 남의 아이들을 돌볼 필요가 없을 거였다. 박은 며칠 밤을 새워 마침내 일을 끝낸다. 그러나 눈을 뜨는 순간 악몽은 시작된다. 아이가 어느 순간 갑자기 개에게 물리듯(「사육장 쪽으로」) 혹은 안개 속에서 불시에 사고가 일어나듯(「소풍」), 박은 업무 관련 서류가 든 가방을 지하철에서 잃어버린다. "가방은 없었다."(178쪽) 악몽은 이렇게 결정적인 순간에 너무도 단순명료하게 찾아온다. 그후로 낯익은 그 모든 것들이 더이상 낯익은 것이 아니게 된다. 말 그대로 '낯'이다. 박은 송의 얼굴을 알아보지 못한다. 동료 '김'의 얼굴도, 거래처 직원들의 얼굴도 잊어버린다. "이러다가 자기 얼굴마저 잊게 되는 건 아닐까."(184쪽) 사태는 예정된 파국으로 치닫고 박은 결국 자신의 얼굴을 잃어버리게 될 것이었다. 이 소설은 김기택의 시 「사무원」과 김영하의 단편 「고

압선」 등을 떠올리게 만든다. 도시 중산층 화이트칼라의 정체성 문제와 신경쇠약을 다루고 있다는 점에서, 혹은 현실성과 환상성을 절묘하게 배합했다는 점에서 그렇다.

이 세 작품을 '섬뜩함의 삼부작'이라 부르려 한다. 낯익은 것(일상)이 낯선 것(악몽)으로 돌변할 때 발생하는 섬뜩함을 이렇게 흥미진진한 스토리라인으로 전달하기도 쉽지 않을 것이다. "도대체 내가 잘못한 게 뭐란 말인가"(「사육장 쪽으로」, 39쪽)라는 독백도 섬뜩하고, "모두 안개 때문이었다"(「소풍」, 30쪽)라는 궤변도 섬뜩하며, "지진이 있었던 걸 아셨나요?"(「분실물」, 193쪽)라는 헛소리마저도 섬뜩하다. 악몽이 남기고 간 이 말들은 모두 우리 시대의 단말마들이다. "일상이 걷잡을 수 없는 악몽으로 휩쓸려가는 과정의 경험적 리얼리티를 세세하고도 집요하게 추적"하고 있다는 점에서 이 작가의 이전 작품들보다 "한 발짝 나아간 작품"이라는 평(김영찬, 「닫힘의 감각, 혹은 우울과 공포」, 『현대문학』 2006년 9월호)은 「사육장 쪽으로」를 두고 언급된 것이지만, 이 논평은 위의 세 작품 모두에 공히 적절해 보인다. 삼부작의 결말 부분을 한자리에 모아본다.

그는 불빛이 사라진 도시가 낯설어서 여기가 도시인지 아니면 그가 사는 마을인지 헛갈렸다. 트럭은 보이지 않았다. 여전히 개 짖는 소리가 가로등처럼 그를 인도하고 있었다. 그는 그 소리를 따라 사육장 쪽으로 가기 위해 속력을 높였다. 언젠가는 길이 끝날 거였다. 길이 끝나는 곳까지 달려가면 어딘가에 닿을 것이다. 그는 그들이 닿는 곳이 사육장 쪽이면 좋겠다고 생각했다.(「사육장 쪽으로」, 60쪽)

여자는 멈추어 선 채로 허공에 매달린 이정표를 읽었다. 모두 처음 보는 지명이었다. 이정표는 언젠가 도착할 도시의 이름을 알려줄 뿐, 여기가 어딘지에 대해서는 함구하고 있었다. 여자는 천천히 갓길을 따라 걸었다. 저 앞에 톨게이트가 보였다.(「소풍」, 34쪽)

박은 눈을 감고 머릿속에 떠오르는 얼굴을 잠자코 지켜보았다. 지금 떠올린 얼굴이 메모지에 남긴 것과 같은 얼굴인지 알 수 없었다. 그는 송일 수도 있고 김일 수도 있었다. 거리에서 단 한 번 지나친 사람일 수도 있고, 텔레비전에서 본 배우의 얼굴일 수도 있었다. 어쩌면 박의 얼굴인지도 몰랐다. 희미하게 떠올린 얼굴 위로 어둠이 조금씩 번져나갔다. 박이 인상을 썼다. 두통이었다.(「분실물」, 193쪽)

인물들은 마치 약속이나 한 듯 비슷한 지경에 도달해 있다. 이곳이 어디인지를 모르거나, 어디로 가야 할지를 모르거나, 눈이 흐려져 타인의 얼굴을 알아볼 수가 없다. 그러니까 악몽 이후, 이제 확실한 것은 아무것도 없게 된 것이다. 삼부작의 악몽 뒤에는 겹겹의 맥락들이 포진해 있지만 2000년대 중반 한국사회의 총체적 불확실성이 이 모든 것의 근원적인 배후로 버티고 있는 듯 보인다. 불확실성이 지배하는 곳에서는 꿈들이 많아진다. 삶이 한순간 환하게 피어날 것이라는 백일몽을 꾸면서 전원주택을 사거나 W시로 떠나거나 비밀 업무를 맡는다. 삶이 어느 순간 나락에 떨어지고 마는 악몽 속에서 사육장을 향해 달리고 탱크로리와 추격전을 벌이고 지하철 분실물 센터를 뒤진다. 백일몽도 모두의 것이고 악몽도 모두의 것이다. 이곳에서 그 백일몽과 악몽 사이의 거리는 아주 짧다. 자본제국 신민臣民들의 삶은 이렇게 섬뜩하다.

4

이 작가의 세계가 섬뜩한 것은 세계 자체의 속성 때문이기도 하지만 세계를 바라보는 그의 방법론 때문이기도 할 것이다. 이 방법론을 (이를테면 지젝의 '삐딱하게 보기looking awry'를 변주하여) '섬뜩하게 보기looking uncannily'라 명명하면 어떨까. 기왕의 작품들이 뿜어낸 기괴한 매력은 우선 그 대상 자체가 얼마간 기괴했을뿐더러 그 대상을 기괴하게 묘사하는 시적 열정에 힘입은 것이었다. 반면 지금까지 살펴본 근래의 수작들에서 소재는 얼마간 일상적이지만 그 결과는 섬뜩하기 짝이 없다. 병원을 찾아 헤매거나, 교외로 여행을 떠나거나, 지하철에서 물건을 분실하거나 하는 일들 그 자체를 섬뜩하다 하긴 어렵다. 애초 섬뜩한 대상들을 택하는 것이 아니라 그렇지 않은 일상 잡사를 서서히 섬뜩한 것으로 바꿔나가는 것이다. 이 방법론의 변화를 '악몽의 일상화'에서 '일상의 악몽화'로의 변화라 부를 수 있을까. 이 변화는 명백히 진화다. 이 진화 덕분에 2000년대 작가군群에서도 이 작가의 존재는 이제 각별해진 듯 보인다. 작가는 언젠가 이렇게 고백한 적이 있다.

> 말하자면 어떤 그리움이나 상실감이 없는 채로, 부정해야 할 대상도 없고 증언하고 싶은 시절도 없이, 고백해야 할 내면이나 문학적 책임의식도 없는 20세기 막바지 세대가 21세기에 문학을 하고 있는 셈이다. 어쩐지 재미없는 농담 같다.(「교본의 시간」, 『문학·판』 2006년 겨울호)

아니, 이것은 흥미로운 진담이다. 이 문장들은 죄다 부정형으로 되어 있다. 첫째, 그리움도 없고 상실감도 없다. 그러니까 그에게는 회고 취미나 애도 의식이 없다는 것이다. 둘째, 부정의 대상도 증언의 대상도 없다. 말하자면 문학의 바깥에 문학의 중심을 세워야 할 필요성을 못 느낀다는 뜻이다. 셋째, 고백해야 할 내면도 의식해야 할 책무도 없다. 얼추 옮기건대 90년대적인 것과 80년대적인 것에 대해 거리를 둘 수밖에 없다는 말이다. 이 부정문들을 모두 긍정문으로 바꾸면 그의 욕망을 알 수 있다. 그에게 문학은 (과거가 아니라) 현재를 향하는 것이고, (바깥에서 안을 지향하는 것이 아니라) 안에서 바깥을 지향하는 것이며, (80년대적인 것이나 90년대적인 것과는 다르다는 뜻에서) 2000년대적인 어떤 것이다. 지금 이 시대의 배를 갈라 그 내장을 섬뜩하게 꺼내드는 새로운 소설, 이것이 이 작가의 욕망이다. 욕망이 재능을 만나면 역사가 된다. 이번 작품집에서 그는 그가 욕망하고 있는 바로 그것을 해내고 있다. 편혜영은 '가지고 있는' 작가다.

| 초판 작가의 말 |

부모님은 내가 태어난 시간을 기억하지 못한다. 그들은 다섯 아이를 낳았다. 아이들의 시時를 일일이 기억하는 건 쉽지 않은 일이다. 엄마는 내가 밤에 태어났다고 했다. 쥐띠가 밤에 태어났으니 일복이 많을 거라고 했다. 아버지는 아침에 태어난 쥐띠라 일생이 편할 거라고 했다. 나는 아버지의 기억이 옳을 거라고 생각한다. 밤새 산통을 하던 어미가 드디어 세상 밖으로 내 작고 붉은 머리를 내보인 것은 아침 무렵이었을 것이다. 낮인지 밤인지 분간할 수 없을 만큼 어미의 산통은 아득하고 지독했을 것이다.

시간이 좀더 흐르면, 나 역시 이 책이 태어난 것이 낮의 시간인지 밤의 시간인지 헛갈릴 것만 같다.

지난해 봄, 한 도시에서 묵었던 숙소는 동물원 입구라는 이름의 역에 있었다. 개장시간 내 동물원을 관람할 수 없어서, 공적인 일정이 시작되기 전까지 동물원을 찾아다녔다. 아무리 멀리 가도 동물원을 찾을 수 없었다. 나중에야 이미 오래전에 동물원이 폐쇄되었다는 걸 알았다. 겨울에 갔던 미술관에서는 벼르던 작품을 보지 못하고 돌아왔다. 미술관은 지나치게 크고 복잡했다. 수상쩍은 숫자들을 문패로 달고 있었지만 그림을 찾는 데 도움이 되지 않았다.

없는 동물원을 찾아다닌 시간이나 그림을 찾아 헤맨 시간이 전적으로 무용한 것은 아니었다. 동물원을 찾아다닌 동안 그 도시 상인들이 하루의 노동을 어떻게 시작하는지 보았다. 그림을 찾으러 다니면서 책에서 볼 수 없었던 그림들과 처음으로 조우했다. 그러니 이 책이, 내게도 독자들에게도 아예 헛것만은 아니었으면 좋겠다.

S는 여전히 작품의 첫번째 독자이다. 이전보다 말이 줄었다. 첫 책이 S의 위로 속에서 얻어진 것이라면, 이번 책은 S의 침묵 속에서 얻어졌다. 간혹 침묵이 고마웠지만 대개는 불안했다. 또다른 S와는 지난겨울 처음으로 함께 여행을 했다. 여행이 끝나고도 자주 그때 찍은 사진을 들여다보게 된다.

작품을 다 쓰고 나면 오히려 한 시절을 잃은 것 같은 느낌이 들

때가 있다. 그럴 때면 함께 소설을 쓰는 사람들이 위로가 된다. 그들을 알게 된 건 순전히 소설 때문이다. 그들과 함께 소설을 쓴다는 게, 즐겁다.

2007년 여름

편혜영

| 개정판 작가의 말 |

오래전에 소설을 묶으면서, 작품을 다 쓰고 나면 한 시절을 잃은 것 같은 느낌이 든다고 썼다.

시절을 잃은 기분으로 썼던 소설을 시간이 지나 되새기자니 무척 겸연쩍지만 지금의 나보다 용감하고 무모했던 나에게, 이 책에 담긴 소설로 그 시절을 건너와주어 고맙다고 말하고 싶어서 부끄러움을 무릅썼다.

아직까지 소설 쓰는 사람으로 지낼 수 있는 것은 그 시절을 지나온 덕분이라고 여기고 있다.

오래전의 소설을 읽어준 독자에게,

새로 다듬은 책으로 처음 만나게 될 독자에게,

시절을 함께 지내주어 감사하다는 인사를 전한다.

2021년 봄

편혜영

| 수록 작품 발표 지면 |

소풍 …… 『문예중앙』 2006년 겨울호

사육장 쪽으로 …… 『창작과비평』 2006년 여름호

동물원의 탄생 …… 『한국문학』 2006년 가을호

밤의 공사 …… 문장웹진 2005년 8월호

퍼레이드 …… 『현대문학』 2006년 2월호

금요일의 안부인사 …… 『작가세계』 2007년 여름호

분실물 …… 『문학동네』 2007년 봄호

첫번째 기념일 …… 『문학사상』 2006년 10월호

문학동네 소설집
사육장 쪽으로
ⓒ편혜영 2021

1판 1쇄 2007년 7월 20일
1판 7쇄 2019년 5월 29일
2판 1쇄 2021년 3월 17일

지은이 편혜영
책임편집 김내리 | 편집 오윤 정민교
디자인 김마리 유현아 | 마케팅 정민호 이숙재 우상욱 정경주
홍보 김희숙 김상만 함유지 김현지 이소정 이미희 박지원
제작 강신은 김동욱 임현식 | 제작처 영신사

펴낸곳 (주)문학동네 | 펴낸이 염현숙
출판등록 1993년 10월 22일 제406-2003-000045호
주소 10881 경기도 파주시 회동길 210
전자우편 editor@munhak.com | 대표전화 031) 955-8888 | 팩스 031) 955-8855
문의전화 031) 955-3578(마케팅) 031) 955-8864(편집)
문학동네카페 http://cafe.naver.com/mhdn | 트위터 @munhakdongne
북클럽문학동네 http://bookclubmunhak.com

ISBN 978-89-546-7759-2 03810
* 이 책의 판권은 지은이와 문학동네에 있습니다.
이 책 내용의 전부 또는 일부를 재사용하려면 반드시 양측의 서면 동의를 받아야 합니다.

잘못된 책은 구입하신 서점에서 교환해드립니다.
기타 교환 문의: 031) 955-2661, 3580

www.munhak.com